MEU PRETÉRITO ROSTO

Pedro Moreira

MEU PRETÉRITO ROSTO

1ª Edição
2023

PROAC EDITAIS
PROGRAMA DE AÇÃO CULTURAL SÃO PAULO
PATUÁ EDITORA
CULT SP
SP SÃO PAULO
GOVERNO DO ESTADO
SÃO PAULO SÃO TODOS
Secretaria da Cultura, Economia e Indústria Criativas

EDITOR
Eduardo Lacerda

ASSISTENTES EDITORIAIS
Amanda Vital
Diego Alves
João Vitor Nascimento
Maria Beatriz de Paula Machado
Mylena Morais
Ricardo Escudeiro

CAPA E DIAGRAMAÇÃO
Roseli Vaz

ADMINISTRATIVO E COMERCIAL
Pricila Gunutzmann

EXPEDIÇÃO
Sheila Gomes

ADMINISTRATIVO E COMERCIAL
Pricila Gunutzmann

EXPEDIÇÃO
Sheila Gomes

Dados Internacionais de Catalogação na Publicação (CIP)
Elaborada por Bibliotecária Janaina Ramos - CRB-8/9166

M838m

Moreira, Pedro

Meu pretérito rosto / Pedro Moreira. - São Paulo: Patuá, 2023.

168 p.; 14 X 21 cm

ISBN 978-65-5864-569-6

1. Romance. 2. Literatura brasileira. I. Moreira, Pedro. II. Título.

CDD 869.93

Índice para catálogo sistemático
I. Romance : Literatura brasileira

Editora Patuá - Livraria Patuscada
Rua Luís Murat, 40
Vila Madalena - São Paulo - SP
(11) 96548-0190
editorapatua@gmail.com
www.editorapatua.com.br

MEU PRETÉRITO ROSTO

Pedro
Moreira

É dito: pelo chão você não pode ficar
Porque lugar da cabeça é na cabeça
Lugar de corpo é no corpo

— Stela do Patrocínio

UMA ESCULTURA DO TEMPO

Pedro Moreira é um poeta-narrador, conduz a história com excelência. Não se trata apenas de fluidez, mas da dose certa entre a linguagem precisa e a inusitada. A palavra é argila nas mãos de Pedro. O romance é uma escultura com a cor da terra tão presente na narrativa.

Meu pretérito rosto é sobre a existência humana, sobre a desigualdade social brasileira, sobre a vida em profundeza, sobre a ancestralidade, sobre a força da natureza, sobre as relações familiares, sobre o racismo.

A voz e o silêncio permeiam a vida da menina-personagem que desconhece o próprio nome e, quando toma conhecimento, o rejeita. Tem muito da sabedoria popular na personagem benzedeira, da magia da natureza na protagonista que encontra na árvore uma confidente. Ao lado da Orelha-de-macaco vai dando forma a um diário falado, porque a escrita ainda não lhe pertencia: não sabia escrever. "Era tudo na base de dizer e de guardar". Encontramos, no romance, uma grande ode à alfabetização, ao encontro com a palavra no papel, sem deixar de enaltecer a riqueza das histórias orais que também sabem ser vagalume. A reconstrução da memória é resgatada pela protagonista com muitos não-ditos, assim, quem lê, sente-se valorizado pelo autor, porque na narrativa não estamos no casulo como a personagem, estamos como borboletas.

Os leitores e as leitoras afundarão as mãos na terra, buscarão a profundidade junto com o Pedro Moreira e a narradora protagonista. Saibam estar diante de um texto repleto de humanidade, portanto, carregado de beleza e de dor. Antes de iniciar a leitura, saibam, também, que o romance de estreia do Pedro pede olhos firmes e atentos para enxergar a liberdade e o aprisionamento: "Havia boniteza em viver como pássaro, sem nunca aprender a voar".

A escultura narrativa poética terminará bonita e dolorosa como nasceu! Ou melhor, *Meu pretérito rosto* não terminará jamais, renascerá nas mãos dos leitores e leitoras e permanecerá, porque a literatura do poeta narrador ficará conosco depois da última palavra, porque a arte não finda, segue pulsando.

— Joselma Noal, *Escritora*

1

Nunca fui ferida por um nome. Pode me chamar de tu. Sempre que ando por onde nunca andei, ganho nomes por não ter. Nomes dados. São todos assim: invenções. Licencie. Assim tem sido — e é. Mas isso em conta, não é como se, para ser convocada, carecesse de ir em corpo e pessoa. Não. Tem muitos modos de me nomear. E nenhum é um nome meu. Por essas paragens, aqui mesmo em redor, sou a criança do raio, filha do trovão, luzinha, queimada. Coisas do tipo. Por pai não tenho nenhum. Nenhum que se saiba além do segredo. Por muito tempo me avistei sozinha, quieta. Todos dizem: deus dá nome a todo filho. O meu? Pensava que era a indiferença. Um silêncio. Entenda: tem sempre um silêncio antes do estrondo — trovões e bombas. Acredito que meu nome está preso na boca de alguém, como uma ideia na ponta da língua, uma história antes de contada; aquilo que pende antes de ser dito, lembrado. Carece que o conte, pendia da onde? Que nome esse nunca pronunciado? Penso: fui uma estrela cadente — espécie de coisas sensíveis aos olhos. Um clarão sem voz. Depois vociferação, ferocidade. Contradições. Em nada sou cintilância. Vê esse rosto que carrego? Breu. Tenho boca de minha. Sim. Tenho olhos de meu. O traço que me desenhou, com mão desdenhosa e luminífera, poderá alguma vez me invocar? Sou inferno não nomeado. Existo como um desafinado não. Meu nome: uma cratera. O caminho que você fez até mim é incerto. Talvez não convenha nos angustiar com coisas dessa natureza — e da minha. Repare: toda palavra é dita com vazios. Toda palavra é composta por intermitências. Tenho comigo muitas vírgulas, que me somam. Tenho muitos nãos. Valas. Sulcos. Sou eu mesma uma cicatriz no tempo.

Você escorregou do sonho? Apareceu aqui como uma rachadura que amanhece na casa — tendo sido produzida no sigilo da noite. Quando a poeira baixar, e você se esquecer de que estou aqui, vou me dar a conhecer. Quando diante de mim, você não mais se der conta de que te olho... Quero ser a voz que te cobre. Certa vez, ouvi que um filósofo grego teria dito: — "quisera eu ser as estrelas no céu para velar o teu sono com olhos mil". — Não posso ser as estrelas, coisas distantes e desnudas. Mas quem sabe não sou um olho aberto na noite do mundo? O breu que te cobre como um manto? Quero descobrir os segredos dos retornos. Quero descobrir a beleza de uma chave já sem porta. E dá-los a você. Mistérios que são quando ainda não se revelam. Por dentro, guardo a paisagem dorsal. Por fora, as dúvidas nuas. Estou aqui, estou aqui. Você vai se esquecer de olhar. Vai olhar algo por cima dos meus ombros, como se eu mesma fosse um horizonte que esconde o sol todos os dias. Sei que você vai se esquecer que te olho com os óculos da memória. Ouve: depois de ter sido uma estrela cadente, sou agora a cratera no fundo do oceano que te habita. Deixe que eu decante em você, que eu te devore o assoalho. E tudo que te põe em pé. Não é por adoração, mas deixe eu te prostrar. Ensinar o dobramento. Reter o que digo. Amar ou desamar as coisas que conto. Você será apenas você, como eu, agora, sou tua. Repare nessa árvore, sob a qual nos sentamos. Suas folhas se parecem com orelhas. Deve ser algo macabro para os que vêm de fora. Mas não. Digo sempre, agora repito: essa árvore é você. Você é todo ouvido. Isso me alegra, como me alegra sentar debaixo dessa árvore, e contar a ela tudo o que se sucedeu. Tudo o que sou. Tudo o que não sou. Veja bem: se nem tudo que parece é, como esta árvore é surda, na verdade, as pessoas tampouco nos ouvem. Não repare, somos dotados de coisas que não usamos. Armadilhas que não funcionam. Os dedos mesmo que não usei para contar as tardes que fiquei aqui, sozinha, sem fazer nada.

O ócio é difícil de ser cultivado como uma alegria. Por isso contar é uma das coisas mais praticadas. Ouve: sei que, tem muito tempo isso, as pessoas se juntavam em volta da mesa, o pai sempre à cabeceira, a mãe no lado de honra, os filhos vinham depois — assim passavam comendo e contando. Quem contava, no geral era o pai, sempre ele — o que tinha visto mais, que tinha vivido mais. Antes, ainda, a mesa era uma fogueira. Antes ainda, antes do fogo chegar ao mundo como um produto das mãos do homem, as pessoas sentavam em torno do céu, das estrelas. E agora? Sempre tem alguma coisa em torno do que se juntar, mas não mais para contar histórias e, sim, para ouvir. E ouvir tem sido a condenação dos homens desde então. É esse o teu suplício.

Para dar conta dos meios onde andei era preciso um antes e um depois. O passado é um provir finito — o que quero te dar. O futuro já desceu os olhos sobre mim — e não descansa. Todas as palavras petrificadas pelo tempo, carrego. Como seguir? Caminhar à maneira dos caixeiros-viandantes. E seguir com a tonelada que herdei. E as pedras que carrego são contidas, ásperas, com o peso de um paraíso desértico. Andei para o deserto que o mundo se torna quando vencemos a vida. A morte comeu meu sol, minha libido, cada palavra que eu tinha. O que eu tinha sido se desmistificou. Perdi o rosto. Perdi o rosto desenhado por palavras de missão, de mito, de sonho. Era nada mais que um grotão. Derrapamento. Essa coisa que fazemos, com a gente mesmo, ao cair da beirada do mundo não é nada. É ir. É ir para o medo que outra pessoa deixou. Caí para dentro de mim mesma, sem um rosto onde pôr os olhos. Desiluminada, fui dar com a falta de um fundo. O assoalho que achamos possuir, em nós, um chão onde ancorar o pensamento mais obscuro, inexiste. Sei disso. Quanto mais dentro entramos, mais fora seguimos. É uma porta que não dá para um cômodo. Vi logo que ver era tanger com as mãos. Era possuir um corpo — essa parede onde não havia mais fresta alguma. Fui de todo ferida, já disse. Ao mesmo tempo: a lâmina e o corte. Abandonei meu corpo à míngua. O que está fora, está dentro. O que só por dentro se conhece é vulto. Diverge do que dizem, sair da caverna é desconhecer. Era disso que eu carecia. Entrei na caverna que era meu peito. Fui o eco que não tinha. Ecoava como se vivesse, mas não. Era nada menos do que a vertigem que o vento faz lá dentro. O que passei é dar ouvidos a esse silêncio replicado nas paredes do que eu tinha sido. Impossível esquecer — condenei o silêncio ao silêncio. Por um momento tudo parecia fazer sentido demais. O problema disso nem é a hipérbole com que desdenhamos do mundo. É extrapolar o que contém de verdade. E essa verdade exuberante só pode ser um modo mais vertiginoso de mentira.

A verdade é um suporte da mentira. Só é possível verdadeiramente mentir ao pronunciar a verdade. Assim como uma gota antes de cair, assim como as torneiras nunca bem fechadas, assim, acaso eu fosse prenhe de mim mesma, inchada, acumulando-se em cima do próprio peso, prestes, bem perto de, finalmente, gotejar. Isso não é uma resposta para isso. Isso não é uma resposta para tudo, remendo. Para isso há muito no mundo. O para todos, quando vem? Tudo diz, se nada aponta. Aponto a semente que é um coração. Uma semente abortada. Planto em você um rosto para mim, um nome, uma reverberação que se ouça por cima dos pastos que ora você enxerga. Como dar aquilo que nunca recebi? Encontro meios de ter um meio. Uma vontade de precisão. Entrego a você a minha busca, e a ela dou o nome de caminho. Dou a você o que não tenho, o que achei que encontrei, para que me entregue de volta o abismo. Esse mesmo abismo que cavo em você, com mãos de semear nomes. Ainda que você seja um outro e mais inteiro e desafinado não. Começo aos poucos, exigindo suas cavernosas incompreensões, dois túneis da mentira e da verdade, essas coisas que, diferente desta árvore, você tem em par. Dou a você a minha ausência, a minha inverdade, a minha decisão. Espero de volta que você me dê um fim. E o meu pretérito rosto.

2

O nome é o homem. Li em algum lugar: o nome é um vaticínio. Sou aquela sem presságios. O que haveria de fazer, assim, sem talento algum como destino? Construir, portanto, a mim mesma. Fui vivendo como alguém perdido — criança sem paradeiro. Depois, uma mulher sem caminho. E depois uma velha descalça. Pareço alguém que embrulha demais as coisas antes de dá-las. Mas entenda. Permita. É preciso embrulhar antes de rasgar o pacote. É preciso se exceder em sentido para dar conta dele. Todo significado é uma forma de hemorragia. Sabe quando um açude está cheíssimo? A isso chamam de sangria. Tem necessidade de sangrar a represa, para que ela sobreviva ao seu próprio peso. Os lagos têm maneiras próprias de fazer isso, mas não aquilo feito pela gente. Temos que interromper o erro das águas. Desviá-las. Socorrer a terra seca, os animais. Em sendo criança, eu detestava tudo que não era como a natureza dá. Imagine. Sequer sabia que uma casa era coisa feita. Para mim uma casa era como uma árvore. Estava ali. Mas, pouco a pouco, fui entendendo que também as árvores são coisas feitas. Que há uma troca entre raízes; cochichos debaixo da terra. Se pudesse ver: é como pessoas que se dão as mãos, por debaixo da mesa ou de um cobertor. Com os dedos entrelaçados, elas seguem juntas, com seu voto de permanência. E há as mãos que carregam sementes, depositam com cuidado onde, se crê, poderão brotar. Fiquei devastada como essa casa, a segunda já feita, por meu avô antes de sair da vista de todo mundo, tinha sido feita num mutirão. Mas antes, você entenda como o meu espanto foi grande ao saber que a casa onde nasci, onde minha mamã nasceu, não tinha um nome de seu.

Esta casa é como eu sou. A mim foi dado ser árvore sem plantio, coisa caída. Como se eu tivesse vindo no bico de um pássaro de outro lugar. Assim penso que qualidades distintas de árvores surjam ali e aqui. Seria de outro modo? O alívio que eu tinha quando pensava no tamanho que o mundo poderia ter era esse: sempre haveria esta casa para onde voltar. Em algum ponto mais ou menos ignorado. Gostava de imaginar que era um segredo guardado de tudo; onde morava era secreto. Tudo de ruim que deve existir por aí afora não poderia me encontrar. Tragédia que, pensava, só estava perto de quem mora longe. Não entra na cabeça tal imaginação. O mal está sempre em lugar alheio. Mas eu ignorava o sucedido das coisas, assim como ignorava a feitura da casa que julgava uma montanha. Monte, na verdade. Pois tem a proporção minúscula em relação a quase tudo que existe e que permanece. Tudo tem um antes. Quando nasci, pensava que estava aberta a um depois, apenas. Engodos. Leva quanto tempo para se desfazer da primeira impressão da vida? Sou tecelã: vou cosendo e desmanchando opiniões. Creio que tal ofício só tenha fim com meu fim. Já me disseram: "quando você começa a entender alguma coisa da vida, é quando ela está prestes a acabar". Cria que a fórmula da eternidade é a mesma da incompreensão. Achava lindo não saber das coisas, ignorá-las. Mas num modo de aprender. Digo, o jeito que eu tinha de ir colhendo o nome das coisas, o significado das coisas. E um sentido, que me diziam, é para frente. Não morreria nunca. De muito pouco sabia. Muito era o que eu estava por saber. O ajuntamento de conhecimento que eu tinha não chegava para morrer.

3

Aprendi a contar por atravessamentos e vexames. Olhando de fianco as coisas, meio que de conhém; forma minha de assuntar a vida e aprender as coisas. De tanto ouvir, que sei contar. Não que saiba por prazeres e alegrias, mas de resumir os acontecidos, meio desencontrados, meio desapercebidos. Assim, conta-se que vó Giza aprendeu a costurar mesmo sem ensinamento. De tanto que observava o trejeito de coser. Os mais velhos não tinham métodos que não a imitação. Ela censurava muitas vezes mamã por nunca ter sido prendada, por nunca ter tido aptidão para imitar a correção com que ela tudo regia na casa. Aprendi a bênção de ir rememorando as coisas, assim como as vacas ruminam o pasto. Há de se ruminar os caminhos. De tanta ruminação nasce sempre alguma coisa. Já reparou na feitura de doce de tacho? Na transformação de uma fruta em calda? É-de. Leva-se horas e horas, com a barriga no calor do fogão, desses fortes de lenha. Vovó também fazia doces em tachões de ferro. Dulcíssimos. Mas nunca me permitiu dentro cozinha nessas tardes, muito embora reclamasse da falta de auxílio.

— Na idade dessa menina — dizia ela sozinha —, eu sabia de um tudo. Da menina-filha, da menina-neta? Nunca fiquei sabendo a quem ela se referia e tomava tudo para mim. Quem sabe, isso não aliviava a carga para mamã, quem eu não achava merecedora de tais enfados.

Olhe: as coisas gastam-se, no tempo, no fogo, e são convertidas em outras; num sofrimento de se rasgar aquela pele de ilusão. Quem é que primeiro olhou para a jabuticaba e pensou em compotas? Quem descobriu o sabor da geléia, coisa essa desconhecida até o primeiro momento de transformação? Era o cheiro no chão quando a gente pisa por cima de muitas delas? É difícil alcançar o momento em que as coisas são descobertas. Ouve: ninguém se atreve a dar morada, num relato, às origens das coisas. Mas houve, um dia, quem pusesse ao fogo, num tacho desses de cobre ou de ferro batido, um punhado dessas frutinhas pretas, com casca, sem casca, e deitou açúcar, rapadura, melaço, mel, sabem-me-lá o quê. Mas teve o momento. Carece de explicado. Foi por sussurração no ouvido? Aparição em ideias? E seria, até hoje, um segredo, as geleias, se essa pessoa não contasse o que sabia.

As ordens de vovó não eram endereçadas. Mamã vinha me cochichar o que fazer:

— Obedeça em tudo — dizia, com um afago no meu cabelo.

Fui levar um pouco de água fervida para ela que, sem me olhar, apenas apontava onde eu deveria depositar. Era um caldeirão preto, desses que se pega pela alça com um pano. Levantei a panela e fui atravessar a cozinha quando senti o calor na mão e acabei derrubando no pé de vovó, que praguejou a tarde toda, chamando o nome feio das coisas, mas sem dizer o meu nome, mesmo em fúria. Caipora. Lazarenta. Cozida. Tudo o que eu era.

Imprestável, corria sempre, na hora da nulidade, para debaixo dessa árvore, ou me deixava ficar com as galinhas, que embora não me aceitassem como uma igual, não me rejeitavam.

Tirando a mangueira com a maior copa — entre todas árvores frutíferas —, tem esse pé grande de timbaúva. São de minha preferência. O povo conhece por orelha-de-onça e orelha-de-macaco. Por conta do formato da folhagem que parece uma orelha mesmo. Dá muita sombra, mas fica careca em junho. Praticamente um relógio. Tem gente antiga que calcula a passagem do tempo com ela, de forma a plantar e colher nos conformes da situação de sua folhagem. Nela eu não subia. Alta. Dificílima. Não queria abusar. Parecia um gigante com muitos ouvidos. Tinha medo dela, com suas raízes enormes, alcançar e beber a água do poço da minha cabeça. Com o tempo, fui deixando escapar alguma coisa. Vazamento e ofertório. Tinha necessidade grande de falar coisas. Dizer. E a árvore não fala, não é mesmo? Mal nenhum em depositar palavra feia no pé de uma árvore tão antiga que, pensava eu, toda palavra já conhecia. E as feias, sobretudo, as feias. Peças da minha infantilidade. Para ela, que mal teria, em ouvir despautérios? Palavras cansadas? Fui contando a ela, e não para mamã, as coisas que se passavam comigo. Nenhuma inconveniência de feitos, mas o que subsistia como imaginação. Não sabia escrever. Era tudo na base de dizer e de guardar. Sabendo que a nossa orelha-de-macaco não iria revelar a ninguém as coisas que eu sabia, que eu escondia. Tive relaxo; fui soltando tudo, com muita facilidade. Esta timbaúva era, enfim, a minha confidente. Você que nasceu da noite para o dia, no meu quintal, é esta árvore agora.

Espertalhona — sempre fui. Meio fiada. Meio cozida. Assim um pouco consorte. Fico ao lado das plantas, e dou seu nome? Chamo. Porque a coisa nomeada pode ser objeto de invocação. De culto. Devoções. Ligeira com a língua, nem tanto com a mão. Tenho olhos rápidos ou lentos a depender da ocasião.

Minha curiosidade era uma bica d'água. Não secava nem mesmo durante o estio. Mas, tamanha era minha curiosidade pelo mundo lá de fora, digo, pelas pedras e plantas, bichos e águas, que era eu mesma uma pergunta, sem nunca ter a coragem de saber de mim mesma. Em que idade essa curiosidade surge? Eu me confundia com tudo, eu era aquilo tudo. Assim pude dar jeito de ir vivendo, como se não caminhasse, mas fosse o chão, o ar, o caminho até a estrela que pairava sobre todos nós. Como era bom ser tijolo numa casa que não podia ver inteira; como era bom ser a casa, as portas, as janelas. Valia muito mais ser vaga e dispersa, do que amontoada sobre o próprio joelho. Reunida, estanque, como um lago, ou pior, um açude, que é coisa feita por mão de gente. Mais fácil não digo, que facilidades não são coisas boas: invisíveis como uma partícula de oxigênio. Essencial. Ir catando vida. Debulhando-a. Eu era distribuída sabe, por isso não temi a morte, que é esse despedaçamento. Sabia da reunião do corpo. Depois ouvi do ajuntamento de moléculas e coisas do tipo num ponto específico e móvel. É tão triste a pedra solta, não acha? Uma montanha nunca está só. Pensava que era mais natural e ambivalente porque nunca reuniram quem eu era para além do meu corpo. Achava que era um truque: meu corpo era uma sombra projetada na parede. Meu corpo, um arranhão. Trinca.

4

Numa dessas manhãs em que o sol se arrasta, rente, perto demais do chão, acordei: espreguiçosa e sem zelo. Era para irmos colher orquídeas, o que, na verdade, era uma forma de caçada. Não pense que não: elas eram necessárias. Valentes: dotadas de formosura. Tê-las por perto, assim como um bibelô, acaricia, faz com que nos lembremos de elogios. Capricho. Elas valiam um dia de serviço? Quem dirá vovó, afeita ao dever do dia a dia. Mesmo ela, em seu ensimesmamento e amargura, cedia à necessidade de uma planta. Não que a casa fosse, ao modo de outras mulheres, um vivário. Não era toda de botanicidades, mas tinha apreço. Conhecia o nome das plantas, assim como mamã.

Corri para a privada, atendendo, eu mesma, a natureza do meu corpo. Em cima da grama, em sua verdura, havia, ainda, àquela hora, um orvalho que umedecia os meus dedos. E os olhos. A casinha estava cheirando a formigas. Não era por menos, havia uma fileira delas, subindo de uma fresta até o assento. Tive de retirá-las com as mãos, que ficaram cheias de sumo. Trabalhar como uma formiga — não era afeita àquela destreza: em fileiras de guerra carregando o dia nas costas — coisa muito acima do meu peso. O dia, para mim, era algo que só carregava por querência dos outros. Acaso fosse uma escolha… não sei. Levantava para dar um sentido de luta ao sol. Ele, inofensivo naquele momento, já se preparava para o primeiro golpe. Eu precisava de astúcia. E, ao modo de mamã, achar um chapéu de junco, para pôr em cima de um lenço amarrado. O que, a ela, dava um ar senhoril. E a mim, como a de uma camponesa, a imagem de trabalhadora que eu não era. Moleirona. Era preciso dar conta do desejo da mãe-da-mãe. E ela precisava de orquídeas. Naquele dia. Daquele modo. Sem falta.

Saímos, fomos. Em fileira, iguais às formigas: vó Giza na frente, depois mamã, vestida como uma senhora, e eu. Anciã, mãe e donzela. As três fases da lua. Uma após a outra.

Ao pé do mato, envolvido em tramas de caules molengas e capim, nos detemos por um momento. Vó sussurrou uns dizeres que não posso recobrar. Decerto pedia guarida, proteção contra cobras e permissão para entrar ali. Afora a proteção da reza, tínhamos com a gente umas ferramentas: facão, foice, tesourão. Prevenções. Eu, não aguentando o peso da foice, fui ferindo o chão com um traço impreciso, sob protestos de vovó — um mapa de volta à casa, o qual eu carecia, mas não ela. Quando íamos, assim, em caminho distante e diverso, eu carregava comigo um pavor. Imaginava mil motivos para ser deixada no caminho: perdida e sem rumo. Assim como se faz com animais recém nascidos. Me punha na cabeça que, já crescida, dada a ser mais uma na despesa da casa, já havia passado do ponto de me abandonarem. Eu via a nuca da vó Gza que, por certo, maquinava em intenções.

Havia, na entrada, um pé de figueira; alto, velho, intombável. Nele havia inscrições que não retenho, como imagens de coisas diversas. E uns presentes: uma boneca já partida no meio, cabelo, em quantidade, e garrafas de vidro. Lugar de oferenda, pedido e amarração — o que se percebia pela presença de cadeados e correntes.

— Dê licença. Dê passagem.

Atravessamos, com arrepio e silêncio, aquele caminho que, por muitas vezes, era percorrido por más e boas intenções. Crucial mostrar deferência, como se aos mais velhos. A mata detinha seu barulho de mata, sem correr conosco de lá. Do contrário — quem vai saber? — não teríamos entrado. Sem garantia de que agarramos, certas, entendimento, e uma permissão? Seguimos os passos de vovó mato adentro.

De certo modo, na minha cabeça, estávamos, como homens armados de espingardas, indo caçar. Tarefa renegada a elas e a mim. Primeiro, como manda o costume, pede-se permissão, e a guarda dos anjos valentes, armados, eles mesmos, com lanças. Depois, põe-se em cuidado, com olhos por toda parte; mas sem ferir a vida com observações. O abate de animais é começo de saciedade. Por pura diversão, nenhum. Há quem entupa-se de viço para atirar em um passarinho que não se come. Abundante em qualidades de animais, entre peçonhentos e mansos, entre eleitos de cárnea e os insossos, é o rincão que tinha à frente. Ouvia-se o zumbido de vespas, mosquitos, marimbondos. Também o uivo, o coaxar, o ronronar. Há mesmo sapos que miam como gatos, confundindo os sentidos. Caçar mesmo faz-se de propósito. Faz-se por fome, mas comedidamente. Busca-se macuco, nhambu, paca, quati, tatuetê. É verdade que, nos gerais, são bichos de hábitos da noite, nem sempre ligeiros em escapar da ponta da lança. Terrível mesmo é o cateto que, em crescido, torna-se capaz de ceifar a vida de um homem adulto, nos seus trinta anos ou menos, com altura de uma porta; munido ou não de mira, sem a qual nem pode salvar-se. Ouvi dizer, mais tarde, de um porco que devorara a metade do rosto de um homem. Mas não. Não éramos um bando de caçadores. Éramos a lua partida em três: mulheres em busca do que é enfeite no mundo. Não o que sobra como barbela num papel — aquilo a que se despede, sem precisão. Mas o bonito nos olhos. Prometi a mim mesma, um dia, ir no mato, caçar — não com a aspereza dos dedos dos homens, mas com a minha aspereza de mulher. O que eu não era ainda.

Tinha medo, é claro. Do possível — e quase certo— abandono. Mas de mamã, não. Era de vovó as intenções de desfurto; de minha entrega ofertada ao mato. Das árvores que eram gigantes prestes a despertar para nos expulsar dali. Havia como um movimento perene — campanários. Nos ouvidos confusos, nas vistas embaralhadas — tudo invertido e disforme. Só com o tempo, tudo volta-se, aos poucos, a ser como se é. Tudo voltando a se parecer consigo mesmo. E o movimento, e o som, tornara-se algo perceptível. Não me explico. Tudo estava devido. E eu tinha medo da minha sorte. No adentrar do mato, chegamos — eu sempre agarrada à saia de mamã — em um lugar repleto de samambaias. As orquídeas deviam estar por perto. Apertei os olhos para desarmar o mal entendido: sim, ali estavam elas, como brincos penduradas das árvores. Enchemos o bornal. Continuamos a andar. Eu tinha medo por estar separada daquilo tudo — não era mais uma comunhão. As árvores bloqueavam a entrada de luz, que se resumia em réstias. Foi quando ouvi um barulho. Em cima de uma árvore: um sagui. Miúdo. Arisco e desigual nos gestos. Sozinho. Ele deu um salto para algum canto que não pude descobrir. Só aí percebi que, também eu, estava sozinha. Mal notara que tinha desgrudado da saia de mamã. Não tinha coragem, contudo, de invocar em seu nome. E não haver resposta. Não queria ser o bicho que chama uma mãe que está para além do chamado. Trêmula, fui tentando encontrar uma passagem. Me vi dentro de um capinzal. Com custo, fiquei quieta, ouvindo apenas minha respiração. Escutei uns galhos quebrando, folhas secas se partindo — era um cateto, isso era certo. Ergui a foice e fechei os olhos. Quando o barulho tornou-se muito próximo, fazendo sombra em mim, ataquei. Mas o grunhido — por deus — era humano. E vi escorrer da perna de vó Giza um rastro de sangue. Mamã gritou, descompassada com o meu golpe. Atrasada. Em horror, foi acudir a sua mãe, que não mais gritou de dor. Mamã tirou o lenço da cabeça, deixando cair o chapéu — que não tornamos a encontrar. O chapéu de junco que duraria, ainda, mais dois anos, duas colheitas, inteiras estações.

No entrementes, mamã foi com a vovó do lado, escorada. Por um caminho diferente, alcançamos a casa da benzedeira, com resmungos de vó Giza, em contrário. Ela veio correndo para acudir. E logo entendeu, sem explicação, o que tinha ocorrido.

— O corte foi fundo — disse.

Limpou a ferida e disse que não seria certo costurar. Tudo o que fosse de ruim que saísse, em forma de pus e, depois, água clarinha, que vem depois do sangue. A cicatrização era certa, dentre alguns dias. O que não era verdade. Passaram-se dias e a ferida persistia um talho. Ela mancava, mas sem ter ficado, um dia sequer, atada à cama. Lições. Nem por um átimo se renderia a um ferimento como aquele. Mas decerto havia dor.

Fomos, nós três, ter com d. Fiica, alguma explicação. Chegando lá, a benzedeira apenas olhou os cuidados que tivemos com o machucado. Olhou para cima, como quem busca uma luz. Matutando, foi para dentro buscar uma bacia, na verdade, uma comadre. E a depositou aos pés de vó Giza. Recomendou que ela urinasse ali. Vovó deteve-se um momento, agarrou o caneco florido e foi para outro lugar. Voltou, instantes depois, com o vaso cheio. A benzedeira o depositou ao sol.

— Agora vamos pescar — disse a curandeira.

Em tudo obedecemos. Vó Giza preferiu ficar na casa, onde, finalmente, só lhe restava esperar. Não pude prever as intenções da benzedeira que foi, assobiando, mostrando o caminho do riacho, bem perto de casa, onde iríamos armar o posto. Estava cevando o recanto, disse ela. Os peixes seriam fáceis. O riacho era repleto de tilápias, carás, tambaquis e, quem sabe, de traíras. Sem assunto, continuávamos jogando as varas de bambu, encordoadas, no riozinho. Minha função era tirar os peixes dos anzóis para colocá-los num passaguá. Assim se faz para que eles sobrevivam até a hora do almoço, quando seriam limpos e fritos.

D. Fiica, depois de um tempo, se levantou, retornando a casa para verificar as suas suspeitas depositadas naquele urinol.

— É sangue doce — diagnosticou.

Assim ficamos sabendo que vó Giza não podia mais com o doce das coisas. E que esse mal não permitia cicatrizações. Recomendou muito cuidado com os instrumentos de corte. E mais ainda com a peçonha dos bichos. Daquele momento em diante, não tomaríamos, nenhuma de nós, café adoçado.

5

Entender os outros é entender deus. Como poderia? Meu deus, meu deus, por que me abandonaste? Por que me desceste à terra? E nos confins do inferno me fizeste humana? Me fizeste incompreensível. O resultado de uma explosão. Sou despedaçada entre mil mulheres despedaçadas. Leva-se muito tempo para descer os tijolos erigidos pelo tempo. Decompor a casa. Andar em verificações. Sigilos. Leva-se muito tempo para a gente entrar, mais adentro, mais fundo, na nossa formulação. O que nos conduz. Me ocorreu saber de mim nova demais. Sem metodologia. Sem direção. À mercê. Entrei em deduções como quem reza, mesmo sem saber como faz. Não me pergunte porquê.

Eu estava debaixo de uma mangueira que tem aqui perto, no pomar, mais pra baixo da casa. Ficava assim um tempão. Olhava o quê? Pegava sempre um galho, uma vareta, alguma coisa que fosse a continuação do meu braço e com ele podia fazer coisas a mais. A mais, entende? Ser maior. Eu era miudinha ainda. Trazia sempre uns grãos de milhos, ou até mesmo um sabugo, numa bolsinha feita de pano, bege — lidar de alvejar não dava resultado. Peguei um punhado de milho, e os grãozinhos deixam a mão da gente meio ressequida, sabe? Ti, ti, ti, eu gritava. Ti, ti, ti. E, aos pouquinhos, se ajuntava um punhado de galinha, frango, pintinho no meu pé. Eu ia chamando devagarinho, deixando cair um pouquinho de milho aqui e ali. Os bichinhos atraídos pelo barulho do milho caindo no chão. Có, có, có, elas diziam. E eu no meu ti-ti-ti. Como coisa, assim, coisa que vem com o vento, coisa besta assumida, coisa aparecida no miolo da gente. Tam! Dei uma porretada no chão, e as galinhas fugiram assustadinhas. E eu no meu ri-ri-ri. Tornava a fazer as bichinhas de tontas, e elas vinham. E vinham de novo. E eu repeti aquilo a tarde inteira. Titizando, rindo, batendo o pau no chão. Mas a fome das galinhas, a vontade delas de vir a tornar a ciscar onde era perigoso. Elas tinham memória? E elas voltavam. Eu fiz, com a mão miúda e um cajadinho, uma roda. E a gente tava presa, juntas, naquilo. Vicioso. Era uma roda viciada. Girando, girando. Mas como mau-pensamento que vagueia no vento, em desaviso... Tam! Dei uma porretada nos pintinhos, matei uns pares! Fique sabendo a qualidade que sou feita, que não sou filha de minha mamã — mulher tão boa.

6

Por que é que a gente tem que fazer esforço pra contornar o que não presta? Delvolteios sobre a gente mesmo. Desvios. Gravitação de lei. Não entendo muito bem, apenas de ouvido. É bem como se a gente gravitasse em torno de um peso, que só a gente tem cá dentro. O rio do pensamento fazendo seu caminho até lá. Memórias. Assuntos. Tudo descendo. Para isso, criamos resolução de amar o que está longe. Cuidados que temos com o de fora. Evita-se tanto esse peso. Mas não adianta. Vai atraindo, atraindo. Como se vive, assim sem esmero de pensar, cai-se. Estrebucha-se. Antes, contornamos o que não presta fora da gente, sem percebimento. O ocultado. O nosso talho. Só mais tarde — para alguns, para mim não — é que se entrevê o nosso peso. O que nos faz andar em circos. O que nos faz dançar para distração. A passada num apoio íngreme e estreito e bambo. “Cair em si”, assim ouvi muitas vezes mamã referindo ao momento em que voltava ao mundo, depois de ter ficado aérea. Reconhecimento. É, sabe, quando a gente dá de topa consigo mesmo, com o ruim que nos habita — e faz habitar esta terra (roxa, alcalina, perecível). Quanto tempo a gente não anda despercebido do que a gente tanto gravita em torno?

Era uma manhã velha. Quer dizer, na minha concepção de meninice. O dia já estava envelhecendo. O sol peneirava poeira sobre mim. Eu ali, ao redor da casa, catando pedrinhas que se parecessem com pedras que nascem em rios. Parei, mortiça, com um graveto na mão para desenhar bolas no chão, uma do lado da outra, deformando até ficarem meio como as pedrinhas. Formatos que não sei nomear. Vindos, não sei como, do redondo; indo parar em outra estância.

— Fia! — chamou. Ou "menina, menina", como sempre. Não me lembro mais. Queria que eu deixasse o que não estava fazendo para, sim, ir com ela fazer visita. Uma das atribuições de moças, mulheres e viúvas. O que não era o meu caso. Mas — descobriria mais tarde —, aquela não era uma visita de bolo-e-café. Não era para matar o tempo ou fugir do trabalho. Era preciso.

Mamã e eu devíamos visita a uma benzedeira antiga, vizinha nossa. Carecia de nossa parte ir verificar como estava a situação. E ver no que podíamos ser úteis. Ela andava sem atender o povo, só na cama. Corria por essas bandas um boato de doença. Vó Giza que outrora fora muito amiga da senhorinha, ficou em casa para seguir com o serviço.

— Vá pôr os olhos nela — disse. — E faça o que ela pedir!

Estava de costas, com a barriga de frente com uma bacia com panos que ela iria deitar sob o sol do meio dia.

Para chegar até a casa dela, era atravessar o pasto de algum povo aqui e ali. Naquele tempo tudo isso era trilho-de-boi. Não se via tantos estradeiros. Só trilha. O boi e a gente, de tanto peregrinar pelo pasto, afundavam em um caminho, assim medindo qual uma trincheira. E alguma, o povo conta, era, de fato, trincheira de muito tempo atrás. A gente no caminho, de lenço no nariz, coisa de uma vaca-morta apodrecendo no caminho, as larvas, os bichos comendo o resto de carne podre. Gado morre sempre. Coisa comum. A senhora com a perna comida na altura do joelho. Consternação. A senhorinha de terço na mão. Um tercinho gasto já. Mosca que tinha! E varejeiras.

— Certo que sentou mosca nela — disse minha mãe mais tarde.

Coisa feita. Magia. Todo mundo disso sabia. Fiquei impressionada com aquilo. Quem haveria de ter, na maldade, tamanho assentamento? A doença aparecera de súbito, confundida em sintoma vário. Velosa, sorrateira. Achei a doença parecida com pegadas de um animal invisível. Um que fizesse de nós tapete sobre o qual percorrer com seus rastros.

Ninguém falava em cancro naquele tempo.

— Doença ruim, não é não? — perguntou minha mãe à enferma.

— Que nada, minha fia, que nada! — dizia a velha.

Mamã passou um emplasto de açúcar e sal na ferida aberta, conforme a recomendação da velha, que não reclamava, mas noticiava a dor. E contava dos santos de sua devoção que passaram, em seu tempo, em seu desterro, provações tão emparelhadas: Santa Rita na testa, Santa Tereza D'Avila no coração, S. Sebastião por todo o corpo. Contava, ainda, como deus esparrama dor e sofrimento, conforme sua vontade. Levantou o braço trêmulo, com esforço, para demonstrar como deus espalhava doença no vento, para atingir primogênitos e virgens, reis e duendes. Sinal de debulhar, salpicar um pó. "Não é merecimento, é paga", dizia a senhorinha, em sua cama. A voz estava gasta como as contas do rosário. Os olhos voltados para a outra margem das coisas.

Logo soube: se há mal em nós, há, no tempo certo, porque, como dizem os antigos, há tempo para tudo

— colher, plantar —, o pagamento. E havia mesmo. Pessoas que em suas ruindades padeceram um longo final. Tem coisa mais dura do que a demora em terminar?

Sei de uma história que há muito ouvi: havia essa mulher, chamada assim Acocorada, por viver nessa posição, na beira da estrada esperando carona. Dizem que ia sempre para a matriz da cidade, rezar terços. Quando moça, assim contam, fazia até romaria para lugares sagrados. Visitava gente com fama de santidade. O lugar onde mais ia era na casa do menino da tábua. Uma criança que, desde que nasceu, nunca pôde andar e vivia em cima de uma tábua. Logo começaram a surgir relatos de cura, milagres e coisa mais— tudo obra do menino. Ninguém sabia, mas diziam que ela buscava cura para as costas dela: onde trazia um calombo muito grande. Alta como era, aquilo a rebaixava uns bons centímetros, e a colocava na mesma altura de alguém baixo. Andava curvada, com a cara metida nos joelhos. Nome dela? E sei? Antiga demais — dela não resta nem osso, unha ou cabelo. Nenhum nome sobreviveu. Acocorada. Pode ser? Dela dizem que era sovina. E de reter tudo. Até os grãos e miudezas. Tinha um marido, os filhos há muito tinham se despachado para outras bandas. O marido ia pegar o frango, mas só aos domingos. Lidava com ele, depenava, tostava no fogo, essas coisas. Ela levava ao fogo, temperava. Na hora de comer, dava os pés, o pescoço e outras muchibinhas para o velho. Ficava com peito, coxas — as partes carnudas. Quando tinha de receber visita, coisa que detestava, corria com as panelas para o quarto. Assim já a surpreenderam: diz que, um dia, tão logo apontou a visita, sem escutar direito os passos pela surdez da velhice, escorreu com um panelão de caldo. Foi tudo para o chão. Assustados, foram correndo ver a Acocorada estatelada no chão, coberta de gordura. Adivinharam. Era o costume. De modo que mal por ela não tinham. Sabiam pouco de seus hábitos do dia a dia. Era calma. Consta-se que uma sobrinha-neta, desavisada, foi ficar uns tempos em sua companhia, depois de morto o marido. Na hora de dormir, a mocinha ficou apavorada com os assobios que se ouvia em todas as janelas. E a velha dizendo que era o vento. A noite corria solta. E o assovio mordendo nos ouvidos da menina. Até que escutou a chinela arrastando pela casa, a porta se abrindo e um barulho de relho estalando em alguma coisa. A Acocorada ralhava, xingava, maldizia. Sabe-se lá o quê. A menina contou que foi uma peleja grande, por um quarto de hora. Até que tudo ficou calado e a velha tornou a deitar-se na cama. Na manhã seguinte, a menina acordou assustadíssima com os berros da velha. Quando chegou na alcova, avistou algo impressionante: a senhora estava com o cabelo prateado cheio de nós, com algumas madeixas atadas à guarda da cama, com nós de se ver! Não teve jeito, a não ser cortar. Assim ficou a senhora com o cabelo curto até morrer. E contam, quando o dia fatídico chegou, em sua corcunda, se via sair corós, e a mulher de tão enrijecida que ficou, teve de ser velada de lado, como um caracol. Quem disse que puderam por, como é de costume, um rosário nos dedos de pedra dela? Ruindade. Ninguém sabe de onde vem.

Mas e quem, à luz do dia, não merece tamanho ordenado? Mas e d. Iria que, segundo dizem, só propagou benesses por essa terra roxa?

7

Mas a morte é úbere. Mamã me levou para vê-la, eu contava pouca idade. Me acordou cedo naquele dia. Esfregou a mão no meu braço. E fui vindo, devagar, de volta ao mundo. Trazida pela mão — não de parteira —, mas de mãe. O toque foi como um ósculo. Uma saudação. E, com essa saudação, uma mensagem.

Desconfiei desde cedo das coisas deste mundo, mas não havia de ter visto a agonia até aquele momento. Nunca houve pudor com isso. Era tudo rosto conhecido onde ela aparecia. Pensava que era comum. Vulgar. A morte era vizinha. Uma visitação intermitente. Cresci sabida dela. Conhecida como os conhecidos que ela levou: alguns no tempo devido, como diziam; outros fora de época, como diziam. Mas conhecer é diferente de entender. É preciso dizer? Tanta coisa que sei sem compreender... E nisso mora a minha verdade interior. Talvez a de todo mundo, mas não posso saber de nenhuma verdade alheia.

— Já tem idade pra saber da vida — disse minha mãe, enquanto me punha um vestido feito de tecido aproveitado de um saco de mantimento. Era rústico, mas muito bem alvejado. Branquinho.

Fazia dias que d. Iria era citada em cochichos na cozinha, desde que a vimos com a doença avançada, entre ela e minha avó. Andava sempre espreitando as portas. Nunca arrastei o chinelo pela casa, como vó Giza. Caminhava com saltinhos calculados, até surpreender alguma coisa que, por algum motivo, me era sonegada.

— Ela não passa desse mês — disse vovó ao persignar-se.

— Deus a carregue em bom tempo — disse mamã.

Ela arrastou uma cadeira, molemente, até a frente da porta da cozinha. Sentou e ficou como sempre ficava: olhando para alguma coisa pela qual, desde muito pequena, já deixei de perguntar. Ela permaneceu imóvel, mesmo com vó Giza persistindo numa conversa, há muito abandonada por uma das partes.

— Não carece levar a menina.

Houve uma tarde inteira de silêncio. Ruminações. Eu com as minhas. Mamã com as delas. Vó Giza continuava o trabalho.

— Carece que sim. E vai — afirmou, depois de pôr o prato, mais tarde naquela noite, depois de cear. Não houve retrucos. Apenas a desaparição de minha mãe até o quarto. Nessas ocasiões, era por bem eu seguir os passos dela e me deitar.

Saber da vida era um modo de revelar o seu avesso: ser subtraído dela. Sempre que acontecia coisa diferente — uma batida, um acidente, um tombamento —, era comum a mãe levar a criança a olhar. Mas não entendi a ideia de me levar para ver o cotidiano que tem em morrer. Essa prestação de horas. Tudo lentidão. A morte serpenteou dos pés à cabeça de d. Iria, lentíssima, encaracolada feito uma planta trepadeira que, com o mesmo gosto, apezinho, vencendo a extensão do corpo dela como se fosse um muro delicioso de roer.

D. Iria era uma benzedeira de fama, percorrendo os fundões dessa região e até onde a fama de alguém como ela permite chegar. Muitos a tratavam por santa, por mulher curandeira e de dons. Vinham de longe pedir bença, conselhos. Diziam dela que era sabida de muitos segredos. Fico pensando: como ela, que mal tinha saído dessa região, sabia como era o mundo? Acho que era das coisas do outro mundo que a ela foi concedido conhecer. Desconfiei que, também ela, não compreendesse muito bem o mecanismo interno das coisas.

O sol estava a pino. Passou pela minha cabeça — que encontrava carcaças de pombinhas no chão — que aquilo não era hora adequada para defunto. Corpo de gente fede como o de bicho debaixo do sol? Não fazia ideia de como a gente ficava morto, se jogado por ali, à espera dos carniceiros.

Mãmã estendeu uma sombrinha sobre nossas cabeças e seguimos o rumo do sítio de d. Iria. Pelo caminho, não sei se para me distrair das coisas que eu veria, ela ia me fazendo recitar o nome das plantas que haviam por ali, como mandava o nosso costume.

— Aquela você sabe.

— Capim-santo!

Gozado como uma notícia, um pressentimento, muda a cor das plantas. Naquele sol, elas pareciam tão amarelas.

Quando avistamos a porteira do sítio, vimos que estava aberta. De longe, se notava algumas pessoas na porta da casinha de barro. Sentado num tronco de árvore, servindo como banco, um senhor, com o chapéu no colo, aspirava um pó preto que julguei ser pimenta do reino. A única porta que havia ali dava para a cozinha, abarrotada; onde passavam café. O meu estômago percebeu as broinhas de fubá em cima do tabuleiro, na mesa. O cheiro do café e a gula pelos bolinhos não se pareciam com nada do que imaginei. Tinham que alimentar os presentes. Havia fome no luto.

Pelo vozerio, pareciam reunidas como em dia e reza de Santa Luzia, velhas e moças, prontas para um café da tarde. Nada lembrava a partida de alguém, que deveria estar no quarto. Agarrei a saia de mamã. Ela foi se misturando entre aquelas mulheres com boas tardes, até alcançar uma porta, atrás de onde estava escondida d. Iria. O meu nariz ardeu com a fumaça das velas. Tossi baixinho. Não digo o tamanho do meu espanto de encontrar a senhora ainda viva, em cima da cama.

8

Aqui, onde passa o Trópico do Capricórnio, os dias vão sem lamento até onde caiba lamentar. Vive-se no antes. No quase. Naquilo que antecede. Antes do sol impera o sonho. Antes do pio do pássaro, apenas o vento canta. Fico imaginando, sei bem ser complicado isso: o nada. Um vazio que seja pleno. De quê? Ora do que seria feito o vazio senão de vazio? O vazio vazio. Doidice. Não se pode pensar da noite que seja vazia. Obviamente que não. Ela sempre está cheia de olhos que estão abotcados no mato, árvores e galhos e no chão. Por aqui tem insetos curiosos. Outro dia, pela primeira vez, vi um besourinho. Tinha o corpo afunilado na parte de trás. Uma cabeça chata como uma pequena raia do mar. E um par de olhos verde-cintilantes. No começo pensei ser dois vagalumes. Mas vagalumes, repare, tem um ponto de luz, uma lampadazinha na poupa que é um verdadeiro pisca-pisca. Esse bichinho não. Sua luz algumas vezes mais intensa do que a dos pirilampos, ascenderam até atingir uma certa claridade. Eu estava na cozinha, já era noite. A porta estava ainda aberta, contra todos os conselhos da minha avó falecida. Fazia calor. Não havia mal nenhum em estar assim sentada na cadeira, com um guardanapo no colo, ao modo das velhas. A louça ainda pousada na pia, no aguardo por um pano seco. E mãos que as embalasse. Só nesses momentos, digo, só em circunstância em que interrompemos qualquer coisa, uma tarefa, e os olhos se perdem num trilho de formigas, ou nas rachaduras da parede que um milagre ocorre. Os meus olhos que, virados para o pé da mesa, foram atraídos por duas luzinhas verdes que me fitavam no escuro. Aproximei até onde pude daqueles dois vagalumes que, de repente, saltaram. Ouvi um estalo,, como se alguém estalasse os lábios. E as luzinhas avançaram, como pulgas incandescentes, para o alto, sempre sempre. Fiz um copo com a mão e encurralei o que, vim a saber, era um inseto diferente. Peguei com a pinça dos dedos e ele me queimou. Soltei um grito. Levei o dedo à boca e o chupei. Ardia. Com um golpe certeiro, esmaguei o bicho com os pés. Levou algum tempo sem que a luz dos olhos desse tornasse a apagar. O bicho se contorcia, paulatino. Tive um pressentimento ruim. Matara, certamente, uma nova espécie. Nunca tinha ouvido falar nesse tipo de, o que penso ser, besouro. Sem nome, assim como eu, fiquei sentada ali, olhando o inseto se retorcendo até paralisar de todo, até me esquecer da queimadura no dedo, até perceber que a louça se secara sozinha na pia.

Tinha visto tanta coisa morrer naquela altura. O que me doía? O fato de ter matado o que, provavelmente é certo, um novo tipo de besouro que por aqui vinha ter morada? Não sabia, ainda não sei, se se tratava de mais uma daquelas coisas que, de tão miúdas, nunca percebemos vivendo com a gente. Essas coisas do sempre existir. Quando nos demos por conta e a percebemos, é como se o mundo se criasse diante de nós. Não? Isso me ocorria sempre, de quando pequena: o mundo era um parque de construções. Tudo se fazia debaixo do nariz. Eu nascia todos os dias com o sol, e conosco o mundo se abria deliciosamente fresco.

A lua tinha andado bastante no céu escuro. As panelas haviam dispensado meus serviços. Chegou o momento em que eu estava toda inutilidade. E me deixei estar assim encolhida sobre meu peso, olhando a porta aberta, que tinha de fechar. E mesmo fechadas todas as brechas da casa, como era intrigante as maneiras que a noite encontrava de perfurar nossas fechaduras. Nesses momentos, eu me via como um buraco onde se punha a chave, uma chave que não se sabe mais onde está. Uma chave que muito bem pode ter sido esquecida, junto de outras, numa gaveta pouco visitada. Aquilo da noite pesava sobre mim. Levantei de uma vez e tranquei a porta. Tinha de me tirar daquele estado de moleza com um safanão. Muitas vezes funciona. Fui para o quarto, mas o que antes se assemelhava a um sono em vigília, tornou-se difícil de dormir. Escuro demais para ler, me restava enfrentar a correnteza de pensamentos. Me imaginavca num barranco observando a água e seu chiado; uns pontinhos negros passando, provavelmente peixes, mas eram, na verdade, o conteúdo dos sonhos.

Não. Ninguém se vê a si mesmo adormecendo. Prefiro assim: cair em mim mesma. Esquecida. Mas logo me percebi em pé no corredor da casa vazia, funda na penumbra. Não tive a chance de me perguntar como havia ido parar ali. Não havia móveis ou calor. Tudo vazio de tudo; menos as paredes. Queria invocar quem quer que fosse, mas os nomes, de santos a pessoas — até mesmo de mamã — escorriam de mim como se eu fosse uma fonte de água salina. Estava só como o último pingo d'água a cair de alguma torneira. Mas nunca cairia de fato.

Acordei com o dia alto. Ri. O dia também encontra jeitos de adentrar por todas as frestas. E se impunha cheio, no som dos pássaros que voavam em torno da casa. Estava satisfeita com o fim do sonho e com a casa cheia de móveis e comigo dentro. Em nada se parecia com o que via agora, a cama umedecida com o conteúdo dos sonhos, a minha pele salobra, os móveis que terminaram sua função de estalar, como o inseto da noite passada. Lembrei do sonho e das vezes que acordei com os sons de madeira rangendo. Cheguei a pensar que a casa estava infestada daqueles olhinhos verdes, pulando por toda parte. Mas não havia pontos escuros no chão nem na cama; com exceção de mim que acordava com alívio, ainda que as pernas ainda não estivessem prontas para saltar daquela letargia. Estava embebida em suor — besuntada. Seria necessário um banho, uma coisa complicada demais para se realizar logo nas primeiras horas da manhã. Fiz, mentalmente, o caminho que teria de traçar até chegar no objetivo que era um banho que me limpasse de mim todo e qualquer pensamento que remetesse ao que havia se sucedido. Primeiro, abrir a porta, alcançar o balde de água, percorrer o chão duro e quente até o poço, puxar as rodilhas do mecanismo, trazer a água à luz do dia, carregar de volta até a casa, encher a tina, e tirar a roupa. Esse pensamento me encheu de preguiça e apreço. O que tinha de alívio e frescor nisso dependia de mim. Não poderia tolerar menos.

Pus um pé para fora da cama, depois o outro. Desci da cama como uma lagarta recém tornada a ser borboleta. Tolice. Provavelmente seu primeiro movimento seria voar. Nem terminada de refazer-se inteira, gostei de ser uma borboleta completa e ainda cansada do longo sono, ainda impregnada da memória dos tentáculos, do cheiro de dentro do casulo e ele mesmo ainda todo em volta de mim. Com esse pensamento, terminei a descida da cama e fui para a janela. Afastei as espadas com que o sol feria meus olhos, com o escudo da mão. Fui para a cozinha. Subitamente fui absorvida pelos dois olhinhos apagados do inseto que matara. Me apressei em retirá-lo, varrendo com os pés para a porta, que abri ligeiro. Não demorei a ir até o poço. O sol estava altivo. Não deveria ser cedo. Não mais. A essa hora do dia quem morreu já fedia, pensei. Sorri sem culpa ou vergonha da apatia que me prendera na cama até aquela hora. Puxei o balde de água cheio, levei até o ombro e voltei para a casa. Estacionei a tina ali na cozinha, do lado da mesa. Tive de fazer mais algumas viagens com baldes de água. Tive a ideia de acender o fogo e por água para ferver. Passaria um café tão logo saísse do banho. Apanhei o sabão, feito de cinza de fogão e banha, para me esfregar e uma bucha vegetal, que tenho plantado aqui mesmo no sítio. A preguiça do banho, que me ocorre sempre que lembro do esforço e planejamento que tenho que fazer, não era mais do que uma sombra. Entrei na bacia. A água fria me fez subir um arrepio que vinha do fundo até a margem de mim mesma, uma água subida das entranhas do chão. Fiquei ali até que a água fervesse.

9

Morte dos outros é presságio. Aviso. Cismo que o luto é uma arena. É chorar no futuro. Ainda viva, em sua cama que estava maior, mais larga, agora, a mulher tornara-se muito diferente da nossa última visita. Envelhecera. Decerto, a morte se manifesta nos animais. Todos eles. Isso não é um choque. Não para mim. Não para alguém que não vê diferença entre si mesmo e as outras coisas: pássaros, bois, jacarés. Somos uma companhia para o mundo. Um relevo. Mobilidade. Se eu fosse uma mulher, eu seria esta velha, se eu fosse muito antiga mesmo, talvez nem morresse. Já não era duro ter com a morte uma conversa — porta pela qual atravessa-se em direção a um rio subterrâneo. Mas havia promessas. O retorno. Ir ter com o que está acima das montanhas. O que não pode ser visto pelos olhos de carne e assombro. O que padece de cervicalidade.

"É você que morre nela", pensei — algum tempo depois, ao me lembrar do cenário. E foi como se um sol inchado e laranja se pusesse dentro mim. Entardeci. Naquele momento, me converti num potão de barro mal cozido, mal queimado, que não aguenta, não a quantidade d'água, mas a tarefa de a reter. Começando a vazar, muito pouco tempo depois de ter sido formada por mão sem capricho. Incontinente. Quem por ali passasse, veria das rachaduras tostadas muitas gotas de água. Você já viu panela chorar? É que meu dever seria suportar a água para depois fervê-la, mas nunca decidir por seu deslimite. Sim. Era suposto que eu aguentasse, primeiro, a prisão de um rio, para depois ir ao fogo, como quem de ouro mesmo não fosse. E não era. Algum tempo depois, perdi minha forma, voltei ao barro do chão.

Diante de d. Iria, pisquei o olho como em frente duma visagem. Tinha a expectativa de que, ao abrir os olhos pela décima quinta vez, nem o rastro de pó se pudesse ver. Mas não. A mulher que morria era real como um móvel esquecido, no qual topamos com o canto dos olhos. Uma ardência percorreu meu pensamento. Dei as costas. Coisa que não se faz nem mesmo aos vivos. Repudiar a morte quando se é muito pequeno não deve ser pecado. Entendimentos da carne. Inteiramente fresca como a geada que cai muito cedo, só pude friezas — ser como um grão de orvalho recente. Se dissesse que não senti nada era mentira; se dissesse que me compadeci era mentira. O que me veio primeiro à cabeça, só depois ao peito, era um estufamento. Todinha inchada daquilo, era eu quem não tolerava o ar espesso, a penumbra do quarto. Pareceu que dizer adeus ao mundo é árduo. Uma coisa que não se faz de bom grado, quando se está atada ao chão como ela estava atada à cama. Aquilo era um purgatório. — "O mundo, esse vale de lágrimas" —, assim aprendi a recitar. A verdade na forma de um verso que vem à boca. Sem pensamento. E que carrega, com ele, uma sinceridade contra à vida.

Chorume. O corpo da velha se ia desfazendo, na força do tempo, na força da doença, desintegrando, aos pouquinhos, os dedos dos pé, e depois das mãos, das canela, e depois os joelhos, o fêmur, já revelado por debaixo da pele pobre, por que não morria? Morrer era longo. D. Iria se converteu numa espera dolorida; a pobre era, então, um suspiro; o sopro derradeiro, mas sem se desgarrar do corpo. Aquilo devia de ser apego. Alguma coisa que d. Iria num tinha resolvido pra bem morrer. Fomos visitar a senhorinha, que virava pó, dia após dia. Ralhar com os filhos já distante, d. Iria parecia misturada em dois mundos, como se estivesse entalada entre lá e cá. E ficou assim por algum tempo, entrevada, suspirando, sendo pó. — "Recorda que tu és pó, e ao pó hás de tornar" —, era o que o povo dizia, com um certo orgulho inchado no peito, orgulho de ver a velha morrer, talvez, no fundo, de ter decorado as palavras com que recebiam as cinzas na quarta-feira antes da quaresma. Orgulho doente, doente. Como é que se alegra na beira da cama de uma mulher moribunda? No fundo, bem lá no fundo, o povo guarda um regozijo de ver alguém morrer. Será porque, vendo outra pessoa morrer, sabe-se lá que não é você quem morre? É dado a quem morrer, assistir a própria partida? De modo que muita gente, por essas bandas, diz que quem se enterra, fica ao lado do caixão, vendo tudo, cobrando antigas promessas de visita. Quando não, fica-se na casa em que viveu, junto dos seus, de modo a evitar solidões eternas. E isso causa uma danação nos que ficam. E eu bem sei, por boca de outras pessoas: — "A morte só existe pra quem fica" —. E é? Quem fica, sofre; quem parte, se regozija? Mas e a quem é dado ficar? Essas permanências me doem. Tremo de medo de ficar agarrada no solo que meu umbigo foi enterrado. Vê: se é de se prestar enterrar esse caule no chão onde a gente pisa, sem cuidado, sem temor? E onde fica um pedaço da gente, diz-se que fica-se o todo. E o que era a parte enterrada de d. Iria que não se tinha ainda desfeito em poeria? Assistir o desfazimento dela me encheu, não do sal da lágrima, mas do céu da boca. Morava nas palavras o firmamento. Chovia por dentro.

10

Quando a água cantou no fogo, fui surpreendida pelos passos de alguém que se aproximava. Gritei que me esperasse lá fora. Corri pela casa, desenhando pegadas d'água no chão, até o quarto, onde me sequei e pus uma roupa. Era o capataz de seu Gumercindo, velho fazendeiro.

— Gumercindo quer ter um dedo de prosa com suncê — disse o homem, do tipo miúdo, com a pele castigada de sol.

— O que seria? — repliquei.

— Isso é coisa do seu Gumercindo. Vamo?

Segui os passos do homem. Aquele chamado só podia ser sem aviso; a não ser pela precipitação, quando a natureza quer ser generosa, de uma vespa cozinha adentro, anunciando qualquer novidade. Não tinha sido visitada por nenhuma vespa, beija-flor ou pardalzinho. Pensei que esse tipo de perturbação nem aos animais é dado saber antes de acontecida.

— Onde você pôs o seu cavalo? — estranhei ele estar a pé. Homens dessa região sempre trabalham a cavalo.

— Não é de ter cavalo pra gastar batendo chão.

Aquilo era como ter sido acordada de sopetão, quando o coração ameaça sair pela garganta feito uma voz que fosse de carne, pulsátil. Não demoramos a chegar na fazenda do velho, que parecia há muito abandonada. Matão alto. Cercas caídas. Mas o casarão parecia firme. Ele estava na varanda, sentado numa cadeirona de vime, com o chapéu descido até metade do rosto. Demorou a levantá-lo, quando o funcionário chamou "seu Gumercindo" duas vezes. Permaneceu sentado. Era a imagem de um rei bastante velho.

— Tarde, fia — me disse.

— Tudo bem?

— Faz muito tempo que você voltou?

— Não muito, na verdade.

— Tudo anda mudado por essas bandas... — disse apertando um cigarro de palha que tirou do bolso. — Cê sabe por que te chamei aqui?

— Sei não, senhor.

— O rancho que a vossa família vive a vida toda não é propriedade.

Me aviltei de ver um segredo se partindo, de frente. Repentino; como é dado a ser aos segredos. Jamais — de jeito nenhum, nenhum — tinha noção de que aquela casa, a terrinha pouca, não pudesse ser coisa de família. Tentei disfarçar meu espanto. Me distraí com duas crianças, uma menina e um menino, brincando do lado da casa. A menina segurava um sapo gordo e corria atrás do menino, que relinchava, galopando. Logo seus gritos desapareceram. Eu me vi apenas com a frase do velho fazendo eco em mim.

— Sabia sim.

— Não me procurou — apanhou mais fumo na algibeira — tive de mandar chamar.

— Sabe, seu Gumercindo, depois de tudo ter ficado menor, a preocupação fica sendo pequena.

— Entendo. Mas o que é certo é certo. Não aprendeu assim? Sua avó era gente correta. Da mais que conheci.

Ele me olhou um tempo, como que calculando meu peso. Nem eu saberia dizer quanto eu tinha por quilos. Menos, mais, quantas palavras eu tinha para sopesar. Elas viraram vultos mal-avistados. Sombras que cobrem um chão se estendendo igual a um tapete. Até como pássaros recentes, quando vemos a fuga da imagem, o que resta para os olhos quando já não alcançam mais os quilômetros percorridos e a percorrer. As distâncias todas até o sentido; quando ele se encontrar com outro sentido. Pontes jamais erguidas. Constância e ausência. Tais: medidas em passos vindouros. Mãos dadas: palavras-irmãs, convocando uma a outra ao mundo. Verdadeira palavra feito carne. Que regurgito a você, também — um pão antiquíssimo. Apreciado como revelação. Malogro. Também eu escureci diante de uma busca dessa. Um catar feijões. Um assoviar chamando animal. Cavalo por estalos. Cachorro por assovio — um modo de voz, há muito esquecido. Um uivo, isso eu teria para dar a seu Gumercindo. Mas urrar — tem tempo isso — só existe como língua dos cães, dos lobos e, quem sabe, dos passarinhos.

— O acordo era com eles. O que cê vai fazer agora que tá aqui? Sabe mexer com plantio?

— Muito pouco. Saí daqui muito nova. Senhor sabe…

O capataz fazia sombra em mim, que fiquei o tempo todo em pé, diante de um homem sentado.

— O trato era de que a cada colheita, parte vinha pra mim. Feito uma locação. Mas vou te dar um tempo. Mais tempo. Pra resolver o seu plano. O meu já tá resolvido.

Dito isso, ele tornou a baixar o chapéu na cara, sem se despedir. Me virei e dei de cara com o homem que tinha assistido a conversa. Um homem que é maior em sombra projetada no chão de terra batida. De quem mal me despedi. Saí daquela conversa como alguém que tivesse se perdido no mato, levado pelo canto de um passarinho traiçoeiro.

No caminho, andava rente a um capão de mato já empoeirado na altura das canelas, como as paredes de casas que a cor do piso sobe, avançando até certa metragem, quase nunca sem alcançar o teto da casa. Fiquei lembrando de uma história que ouvi de pequena.

Conta-se de uma família trabalhando na lavoura, que era rodeada por capões de mato, que ia se encontrar num matagal maior, mais adiante. O filho mais velho, de nome por mim desconhecido, respondia o passarinho que vivia cantando — "bem-te-vi! bem-te-vi!" —, que algumas pessoas chamam de saci-ci, que o som assemelha com o nome do demonho-criança. E assobiava o rapazote, enquanto, em machadadas contra o chão, arava a terra composta por terrões secos que se demoliam secamente. Aquilo era até um motivo de alegria. Distração. Foi-se passando o tempo, o sol se levantava mais alto no céu. E o menino: — "fiu, fi, fi" —. Na hora da boia, sabe, ali pelas dez horas da manhã, salgando a marmita com o suor da cara, todo mundo se sentou de baixo de uma árvore sombrosa. O rapaz não. Foi-se andejando em torno do mato, — "bem-te-vi! sa-ci-ci" — e ele atrás com seu — "fiu, fi, fi" —. Ninguém se apercebeu quando ele desapareceu da fuça de todo mundo. Quando se deram por conta, o menino tinha se extraviado pra dentro do mato. E eles escutando, sem definir com claridade, o que era pio do bem-te-vi o que era assobio do rapaz. E foram se arrodeando do mato, gritando o nome dele. Batiam palma, assobiavam. O grito do passarinho, o grito do rapazinho se repetiam, como uma resposta que não se tinha solicitado. Cada ora num lugar diferente. Às vezes mais perto, às vezes mais longe. Assim como se o som fosse bailando dentro do mato, por entre os ramos, os galhos, os troncos das árvores. Até parecia que o barulho dos outros bichos, o zunir dos outros insetos. As cigarras compunham um pano de fundo, difícil de discernir. A terra queimava de baixo do sol. O mato, como uma coisa só, extornava um bafo quente e úmido. Girataram. Os homens queriam adentrar e buscar o menino. A mulher mais velha disse que não. Não se tinha permissão pra entrar naquele mato, como o menino fez. Era coisa de encantamento. E aos poucos o som, se do passarinho, se do rapazinho, não se sabia, mas ia se alongando pra lá da borda do mato. Ia repicando, como som que quica, no miolo das plantas. Até começaram a reproduzir o som do bem-te-vi. De tanto insistir, o som foi tornando a se aproximar, naquela dança esquisita: em zigue-zague. Uma hora ali, outra hora lá. Como se o som pulasse de galho em galho. E não sabiam discernir, pelos ouvidos, o que era gente e o que era passarinho. Até que ele saiu do mato, como se tivesse sido devolvido. E o passarinho não mais cantou. O menino, tontão, riscado nos braços de vermelho que se esparramava pelo corpo, sorriu. Ficou assim determinado que era coisa feia o bem-te-vi, e toda vez que ele cantava, chamando companhia, a família unida, trabalhando a terra, entoava cantigas de outro tempo. Cantigas de encobrir o outro mundo.

11

Lembranças são nodosas como árvores rasteiras. E sendo baixas, elas nos fazem tropeçar, sem remendo, nem terror. É tão difícil afastar algumas delas, mesmo pernilongos afastados com as mãos, e que, ainda assim, tendem a obedecer pouco o nosso afastamento. As memórias? Insistem. Olhe: é como, digo, moer cana para fazer garapa que nem se diz por aqui. Para mó de fazer garapa não basta a sede, esforço repetitivo. É duro colher a cana à golpes de facão, decepá-la. Depois tem que se descourar a pele. E bater forte nos joelhos, esses gominhos, essas juntas mais duras, para facilitar a moagem. E carece ter braços. A gente força o muque, empurrando a cana na moenda. É sempre necessário ter mais alguém pra ir fazendo força na roldana que aperta a cana. E tem que passar duas vezes a mesma canela, pra tirar todo o sumo. Aí resta apenas o bagaço. Isso o que faço agora. É isso o que a gente precisa fazer: moer os fatos idos. Ter coragem para a luta que é extrair o caldo das coisas passadas. Não é fácil, entende? Sobe um sabor de vinagre à boca. E se torce o esôfago.

Lembrança é um prego enfiado. Nos calcanhares dos não precavidos? Uma chaga, e em aberto. Pulsátil — que é como comunica a vida. Não seria outra e mesma forma de padecer? Lembrar. Lamber o tempo. Desde de criança, nunca fui afeita ao gosto azinhavrado de tudo. Sem tolerância nem para o azedo dos limões. Por isso me estripa o contar. Não a tudo e a todos. Mas a você. Mas sobre certos fatos. Outros — que não são coisa carecida e solicitada pelo tempo — são de fácil mastigação. Lamber o tempo não é outra forma de lamber um corpo? Lembrar também é crucificar-se. Mas a quem? Salvacionice que desgosto. E não gosto, nem para riso, lembrar da entranha de onde saí.

Da mãe? Mamã! Para mim, contudo. De mamã, as vistas turvas para o passado. Manias. De mamã, a meditação constante do porvir. Dela digo que era esperta, boa de serviço. De jeito e maneira, perdia de ir na roça tirar o de-comer e o de-beber. Tinha dias que era outra: descia da cama sem as pernas. Bamba. Olhava tudo com demora. Não era de conversar, especialmente nesses dias. Não era incomum que ficasse na cama, sob protestos da minha avó, que a ameaçava, mesmo adulta, com varas de todo tipo. Fico pensando que, se o dia se impusesse à ela, o que seria de todos nós? O sol vinha sem descanso e anunciava o trabalho. Naturalmente, vó Giza, mulher que regia tudo à volta com braço ligeiro, cultivava um desgosto nesse temperamento desigual de mãmã.

— Moleirona! — dizia vó Giza, batendo panela.

O som que as panelas e canecões faziam naquelas manhãs me pareciam com sinos dizendo alguma coisa. Vovó era uma capela esquecida. Penso que minha mãe se transformava num domingo, então.

No dia depois do enterro de d. Iria, ela amanheceu dada em preguiças. Tive de levar café preto com pão na cama, o que minha avó não faria jamais. E dizia dela: “princesona”.

O rosto dormindo da velha — assim ouvi dizer: morrer é dormir sem prazo — não saiu mais da minha cabeça. E o medo que, encontrando algum dia mamã repousada assim na cama. A partir daí, sempre que eu me acordava antes dela, agarrada em costumes, ia dizendo "mãmã" ainda na porta. Ia chegando mais perto, como quem desbrava mato fechado. Até o ponto de a tocar e ver que estava quente, diferente da velha. Enfim chacoalhava seu corpo até verificar os olhos abertos.

— Tome — disse me ausentando.

Sabia que ela não queria conversa, nem coisa que estufasse o corpo mais do que o pão. Agrados sem precisão. Essas coisas que a gente apreende nas frestas das conversas, nos entreolhos.

Fui para debaixo da árvore, essa mesma dos orelhões, e, com uma vareta no chão, cutuquei a memória fresca: D. Iria. Quando chegamos lá, mamã me mostrou a mulher ainda viva — nossa vigília seria longa. Assistir alguém morrer tem uma canseira estreita como ficar calado. Um esforço de permanecer no momento.

Fui até a cozinha para levar o punhado de erva cidreira, outro nome pra capim-santo, até as mulheres na cozinha. Pus em cima da mesa. Tinha sede e calor. Segurei um copo que havia ali, num canto e vi que estava pela metade. Enchi a boca com aquela água. Minha garganta queimou. Dei um grito, assustada. As mulheres, que cochichavam quando entrei, riram como se rezassem. Era aguardente que os homens, e poucas mulheres, tomavam em ocasiões como aquela: em que a tarde se alongava, quente. E era difícil aguentar.

Escutava uma batida repetitiva lá fora. Me afastei do riso das mulheres. O barulho vinha de um grupo de homens, que cerravam umas tabuinhas e as pregavam, juntas. Não foi difícil perceber do que se tratava: um caixote retangular.

— Paletó de madeira — me surpreendeu uma voz que se aproximou — ou vestido. Era uma mulher cheiona, com cara severa, se de ruindade ou de sol, não sabia; dela eu desconhecia a feição. Depois fiquei sabendo: se tratava de uma benzedeira de anos, d. Fiica. Morava depois de um morro, que eu podia ver daqui do sítio onde cresci. Não sei se falava direto comigo ou não. Estávamos olhando na direção da carpintaria improvisada. Um homem deixou o martelo, apanhou um paninho no bolso, secou a testa, enquanto isso, com a outra, segurava o pito. Não tornou a fumar o cigarro antes de fazer, algumas vezes, o sinal da cruz.

12

Desço sobre você à maneira dos confetes. Não para celebrar coisa alguma. Mas para desperdiçar tudo o que sou. Desço agora como, uma vez, desci. Desprevenida. Não pense que não. Tenho ensaiado um grito no qual eu caiba inteira. Passei anos emudecida. Passei anos sendo apenas um ameaço. Um bocejo. Quero ser, para você, um inferno inteiro. Não me aceito pela metade. O meu inverno é longo. Veja o sol: mesmo ele não é grande o bastante para desinibir o mau tempo. Minha procela interior.

Naqueles dias, não dormia sem pensar no pio de seu Gumercindo. Era música exata: eu tinha de responder. Não fazia muito tempo que eu tinha retornado pra cá. Mal sabia mexer com lavoura, do pouco que me lembrava do que via vó Giza e mamã, nos dias bons, mexerem. As duas mal davam conta de plantar o de-comer, isto é, para o nosso usufruto. Poderia abrir mão do rancho, ir pra cidade, viver de doméstica. Mas viver em casa dos outros é um tipo de solução que não me atreveria. Não mais.

Mas há sempre o que fazer, assim me lembro da vó dizendo. Se virar com a vida, não reter o pé muito tempo em descanso. Quase que ela se manifesta na minha frente, arrastando as precatas pelo chão varrido. Retíssimo. Do chão cresciam morrinhos, agora. Alteração de velhice.

Tanta palavra aprendida nos livros que lia na casa da minha antiga patroa. Nenhuma foi de valia para contornar o velho. Nada acima do espanto. Andava pela casa, levando muitas vezes a mão à boca, por falta do hábito de fumar, como se fazia por aqui, em toda parte. Não podia esperar um novo chamado. Retesada e tudo, calcei as minhas próprias alpargatas e fui rodear a casa, ver os estragos. Uma quiçaça tomava parte onde, antes, era plantação. O tempo tem seus modos de plantio.

Quando era pequena e mamã me enchia, igual a um vaso, com nome de coisas que se alastraram pelo mundo, o que nascia sem convite, de costume, ficava genérico: mato, relva, quiçaça, capim, tiririca, mato, por fim. Me via naquilo — eu: um capinzal. Assuntava. Aquilo era o que eu tinha por dentro.

Quando dei por mim mesma, estava longe de casa, indo para os lados da fazenda do velho. Fiquei sendo um dicionário pelo caminho, ao modo da infância, colhendo palavras soltas, pisoteando sílabas, catando cavacos. Nenhuma delas serviriam ao meu propósito desconhecido. As regras de composição não se aplicam ao dia que eu atravessava incerta. Ia como quem não vai, como quem quer tudo por nada ter.

Me aproximei, sem pressa nenhuma, do casarão. Percebi de longe que não havia ninguém na varanda. Bati palmas. Dos fundos, veio um rapazote, decerto um outro capataz de seu Gumercindo. Perguntei pelo velho e ele me disse que o patrão havia saído, à cavalo, para mó de buscar ajuda.

— É que o neto tá com um grosseirão na barriga — mostrou a própria barriga inchada, para exemplo.

— E ele demora? — perguntei por perguntar.

— Ah, isso sei não — coçou a cabeça, confuso.

Me lembrei, nessa hora, da cena dos meninos correndo com um sapo-boi nas mãos, ou cururu. A menina assustando o menino. Não era incomum, nessas regiões, criança padecer de peculiaridades como aroeiro, sapeiro ou cobreiro. A depender do bicho com que se teve contato. Algumas chegam a desfalecer. Pedi para entrar e ver as crianças. O menino, amontoado na cama, se contorcendo de dor, mas sem choramingar. Olhei a barriga e constatei o que imaginava. Era, de fato, uma questão de eiro pego de bicho que tem peçonha, mas, por deus, não era picada. Mas, sim, o contato indevido. Quem sabe, com a urina ou com a peçonha fora das veias. Pus as costas da mão na testa, havia febre, mas não tão alta. Nunca se sabe a temperatura assim, mas se baseia com o pelar do fogo. Onde aguento a mão, e mesmo quente, suporto, não é coisa altíssima. Com uma febre baixa, talvez o menino não morra. A menina estava do lado do irmão e, ela sim, chorosa. Tinha a mão marcada, por ter levado uma coça. A culpa era dela, isso ouvi do rapazote que espiava da porta do quarto, com ar de não saber se portar.

— Creolina — perguntei — tem?

— Tem sim. Lá no galpão.

— Traz um bocado de sal grosso, também.

Saiu com as instruções.

Entrei no pensamento e nas maquinações da memória. Se o tempo não tivesse apagado tudo quanto vi mamã falar, ou mesmo a d. Fiica me ensinar, saberia resolver a questão. Em poucos dias, quem sabe, com fé e alguma incerteza, o menino arribaria de novo para, dessa vez, ser ele o causador de sustos na irmã.

O rapaz voltou ligeiro com as encomendas.

— Cachaça, também — disse, recolhendo a creolina.

Tirei a camisa do menino. Havia uma mancha com cascões se formando em forma de círculo. Se fechar, ele morre, pensei.

Quando me entregou o garrafão de cachaça, tomei um gole para amolecer os meus dedos, que tremiam. Umedeci a camisa, que embolei e sequei o suor do menino. Depositei ela como uma faixa na testa, para abaixar o calorão. Peguei a creolina e recitei alguma oração, apenas sussurrando, pois, assim, pensava, iria de ter o efeito que, com as benzedeiras, essas coisas têm. Os olhos do rapaz sempre em riba de mim e do que eu fazia. Esperava mesmo que visse tudo, e reportasse ao dono daquelas terras. Peguei o chumaço de arruda e comecei a recitar um antigo dizer que malemá eu retinha na memória:

Besta maledeta,
Que desta carne inocente
Tanto comeste,
E a Deus não louvaste
Pelo alimento infame,
Há-de sair deste cristão.

— O menino é batizado? — perguntei.

— Deve de ser, deve de ser.

— É João o nome dele — me falou a menina, com os olhos marejados.

— Por intermédio de S. João Batista, o seu protetor, a cura será feita.

Olhei o punhado de arruda na minha mão que murchava com rapidez. Depositei a creolina no grosseirão e cobri o menino com uma manta.

— Aplique todo dia — falei — até secar.

Alcancei a varanda com o raminho nas mãos. Não cheguei a explicar o propósito da visita ao capataz. Achei por bem não deixar recado. Fui rindo pelo caminho, quando minhas costas ofereci à casa. Descartei o raminho, jogando atrás de mim, por cima dos ombros — como aprendi de pequena. Me senti na saída de um teatro. Deve ser esse o sentimento de quem sai de longa encenação. Remédio para aquilo não havia. A erva? A oração repetida sem crédito? O tempo e o repouso? De qualquer jeito, aquela condição desapareceria dentre alguns dias. Esperava. É o que ocorre a quem, acometido por tal mau na cidade, onde são prescritos remédios de bula; onde ganha nome impronunciável de doença catalogada, mas não cismada por aqui. Não com tais malícias.

13

Lavar roupa é diferente de lavar gente — logo se aprende. O corpo carece menos de esforço, de punho. Basta a água. Um pouco de sabão. Ternura. O corpo da gente se lava com necessidade. Antes, eu costumava nadar em rio, mesmo menina. Mamã ia junto. E nós duas não detínhamos medo de homem nenhum. Se era? Valentes. Mãmã andava com facão na algibeira. Prevenções. Veja bem: moça sozinha tem que ter seus truques. E não são apenas truques de arranjar companhia de homem, mas de debandar com eles, também. Ela era doce comigo, severa com homem intrometido. Ajudava deus e o mundo. Carecia de apego com a igreja, isso o povo dizia. A fé dela o que era? Metodologias. Aprendi essa palavra há muitos janeiros, estando léguas daqui. Canso de dizer. E não é que eu não goste de prosa. Se gosto! Você tem visto. Mas perguntaria não. Não me demoro na paciência. Perguntação é com deus. Não sei de muita coisa. E o que sei dá cá para meu gasto. Sei se o que sei serve pros outros? Sei não. Não coloco as coisas em garantia. Tenho, sim, a minha crença, ou crenças. Em vida simples, a fé é miúda. Dúvida é coisa dada. Sendo a verdade um grão de mostarda, só cresce uma vez só no peito da gente. Naqueles idós. Se eu tinha fé na ressurreição eterna? Defesa contra a morte. Coisa vã. Sei bem. Mamã não podia me defender do fim. D. Iria seguia morrendo, assistida por flores. O corpo da senhorinha já começava a cheirar. Inhacão. Esterco que somos. Mesmo com os chumaços de flores que o povo trazia. Alamandas. Viuvinhas-azul. Helicânias. E Lantanas.

As flores nunca têm o cheiro que se espera delas. O cozimento lento das pétalas enchia o ambiente com um cheiro ardido. A senhorinha tinha, em tudo, o aspecto das coisas que, morosamente, murcham e despencam. Ela deu um suspiro forte, com os olhos pretejando, quando as mulheres, reunidas, rezavam o terço. Seguravam sua mão. Estava lá fora, vendo o homem martelar o caixão. Não demoraram o tempo de terminar o terço a começarem a lavar o corpo dela. Na verdade, limpar com um pano umedecido. Saíram todos, ficaram algumas mulheres. Entrei, por entre as pernas delas, e fiquei esquecida num canto. Puseram a velha sentada na cama, decerto como faziam nos dias todos que ela passou acamada. Os olhos negros ainda abertos. Pressentia o corpo esfriando. Tiraram uma camisola que ela vestia. Vi as rugas que eram os seios. Os braços moles, flácidos. Uma mulher de cada lado segurava suas mãos.

— A mão dela… — gritou uma — rígida como o quê!

— Vá soltando, d. Iria. Vá soltando.

E começaram a dizer rezas, passando a mão sobre os dedos duros da velha. Pousavam algumas vezes a mão no rosto dela, tentando fechar os olhos. Os dedos pareciam raízes. Secura.

— Descansa, d. Iria.

Assim foram dizendo, massageando os dedos e tentando fechar os olhos. Tive a impressão de ver uma enorme boneca sendo vestida. Aos poucos os dedos foram soltando, os olhos não tornaram mais a abrir. Uma vez desvencilhadas do último agarrão que a velha dera, puseram-se a fazer uma trança no cabelo acinzentado. Meteram nela um vestido rosa, com um tecido assim leve. De verão.

— Deus-o-livre enterrar a mulher de roupa quente. Com esse solão! — disse a mulher de rosto redondo, quem eu sequer percebera no ambiente. Depois, outra mulher veio com um travesseirinho bordado. Depositaram a cabeça inerte por cima dele.

— Ela recortava e guardava o próprio cabelo, para fazer esse travesseirinho — escutei alguém cochichar.

A deixaram deitada, com os dedos entrelaçados num tercinho de contas brilhantes. E um raminho de arruda. Em vida, tinha sempre um raminho desse entre os dedos. Olhando assim parecia mesmo que ela dormia. Recolheram as flores já murchas. Trouxeram outros ramos. Um grande para a cabeceira, de onde pendia um crucifixo de madeira, e outros para ficarem a par da cama. As velas seguiam seu caminho de derretimento, já pela metade. Grossas. Para durar dias. A porta do quarto foi reaberta. O povo começou a entrar. O silêncio impregnou a casa, como se fosse um aroma curtido.

O trabalho da vigília recomeçara. A segunda parte, como pude notar. Assim começaram as orações, agora entorno da morta. Primeiro um rosário inteiro, ainda no quarto. Depois, levaram o corpo dela, puxada pelo lençol, até a mesa da cozinha, que estava preparada para a última refeição. O cheiro da vela, das flores, e do chá de erva cidreira sendo preparado estão em mim. Mesmo agora. Passados anos. Configura, de certo modo, o cheiro da morte. Às vezes, vem no vento em dias quaisquer e são percebidos por quem tem o poder de saber das coisas antes dos outros. Antes de acontecidas. Temi sempre sentir esse cheiro. Fora da ocasião em que ele deve se fazer presente. Sempre tive medo de saber das coisas antes que acontecessem. Fui poupada, exceto uma vez.

Pretendi me afastar daquilo, sentia um comichão. Precisava me retirar do miolo da mortandade. Virei do lado onde deveria estar mamã, que se ausentara. Talvez estivesse lá fora, com algumas mulheres que preferiam chorar amiúde, fora dos olhos da gente. Foi quando, ao atravessar a cozinha, tropecei no pé de uma senhora bastante envergada. Ela tinha um olhar severo e puxado. Usava um lenço florido, de onde se via seu cabelo grosso e liso já perdendo a cor, e um vestido até as canelas, onde se podia ver uma calça por baixo, indo terminar nas suas alpargatas.

— Cuidado, negrinha! — esbravejou.

E, com o rosário que tinha nas mãos, ameaçou um açoite.

14

Falo para ter coragem de falar. Coragem da boca. Por aqui coragem quer dizer disposição. Sabia? Não ter coragem diverge da covardia. Para falar é preciso fôlego — disso vem a ideia do ar, outra palavra que não é oxigênio, mas alma. É preciso ter uma alma para dizer. Caso a alma fosse carne, essa coisa empedrada, não poderíamos dizer coisa alguma. Conto porque, inteira, sou feita de susto e veias. Aspiro. Conto para adiar a morte. Mas se estou tão desintegrada como poderia morrer? Seria então ajuntar-se, por fim? Apanho o vento para sussurrá-lo. Devolvo assim a mim mesma, primeiro, todo prenúncio de alívio. Essa coisa prometida.

Quando voltei embora, trouxe comigo, de empréstimo da cidade grande, alguns livros, que aprendi a ler com custo. Furto ansioso, mal pensado. Queria, de certo modo, não sei como, trazer comigo alguma coisa de valia. Alguma coisa que me valesse até mesmo no fim dos tempos. Bobiça. Você bem sabe: de que vale uns livrinhos contra o fim do mundo? Insisto. Não devo ter vindo ao mundo para fazer sentido. Não o dele. Nem o meu; esse irremediável deslocamento. Anuncio, anuncio. E não era óbvio que faria isso? Pois que fosse visível, sob a manta, o volume discrepante das minhas coisas, e aqueles tijolinhos de palavra. Queria o dicionário do mundo, o que explicasse o de-além de mim. O que havia para fora, aberto, sem comunicação. Eu voltava. Mas recheada com coisas alheias; que não deveriam ter me pertencido. Quais apropriei. Indébita.

Com esses livrinhos, fui até a casa do seu Gumercindo ver como estava o menino, seu neto. A dúvida, que me trespassava desde tenra idade, como uma forma de questionar tudo à volta — duvidação. encontrei o menino correndo na frente da casa. E, como vaticinado, atormentando a irmã com alguma coisa indecifrável. Usava uns chifres secos, daqueles que apoiam na cerca da frente da propriedade ou duma casa de valor. A fim de espantar o mau olhado. Prometi a cura, me espantou o efeito. Tive abusão com a fé dos outros. Mas quem haveria de receber o milagre?

— Tarde — cumprimentei o velho, sentado na cadeirona.

Ao ouvir minha voz, talvez a minha chegada tivesse sido anunciada pelos animais que, aqui e ali, soltavam seus gritos próprios de animais. Estava desperto e em pé. Não sorriu, mas veio até mim.

— Em boa hora — replicou.

— Como anda o menino? Melhorou?

— Com a graça de deus — disse ele retirando o chapéu num aceno.

A gratidão estava disposta, como a tradição daquele lugar apontava, para a direção correta: obra de deus — e não minha. Certo. Eu não tinha inveja de deus.

— Aprochegue. Tem café servido na cozinha.

Entrei pela porta da cozinha, que ficava ao lado, por onde seu Gumercindo me conduziu. Porque me levasse por ali, sabia bem: era a entrada dos empregados. Os meninos vieram, por alguns instantes, me mostrar os chifres com que brincavam. Fingi um susto. Eles riram o que o velho não ria. Na cozinha, havia uma senhora. Provavelmente a empregada. Disse boa tarde que foi respondido com uma espécie de aceno, sem voz, nem dizeres.

— Não se incomode — seu Gumercindo me apontou uma cadeira.

Servi um copo de café. Ele me olhava como que em aguardo e matutação. Servi também um copo para ele. Ficou um tempo em silêncio, distraído com um cachorro amarelo que não tinha percebido debaixo da mesa. Deu um pedaço de bolo ao bicho. Fiquei com os braços apoiados na cadeira, como quem está prestes a sair correndo. Não me sentia à vontade diante daquele senhor, na sua cozinha equipada com pequenos caquinhos coloridos na parede e no chão; e aquela senhora que não falava nada. Incomodação. Como ele não dissesse coisa nenhuma e o meu café já estivesse pela metade, esfriado, resolvi deitar o bornal na mesa.

— Presente para os netos? — me perguntou.

— Sim. O que tenho de empréstimo.

Ele pegou um punhado de bolo e jogou debaixo da mesa.

— Não tinha de quê. Eles não entendem as letras. Eu, também não. Aprendeu como?

— Quando fui morar na capital.

Ele levantou, foi até a porta da cozinha. Assobiou com dois dedos na boca, chamando, se os meninos ou os bois de outrora não saberia dizer. Logo em seguida apareceram as crianças, suadas e divertidas.

— Arrumei uma professora. De agora em diante, não vão ser ignorantes como o seu avô.

As crianças correram até a mesa, onde eu havia colocado o bornal com os livros. Pareciam ter sido convidadas para uma festa.

— Vou conhecer todas as letras? — perguntou a menina, animada.

— Sim. E vai poder ler tudinho — eu disse, entregando os livros.

Ela pegou um, de capa azul dura. Cheirou longamente. E foi até o avô para dar um agarrão na cintura dele. Em nada se parecia com o seu Gumercindo, áspero e grosseirão, que me propunha deixar o rancho. Ele me despediu com a promessa de recepção em sua casa, a fim de ensiná-los, e, em troca, eu conservaria o meu direito de morar na casinha de sempre, e, ainda, se houvesse resultado, teria direito a uns trocados. Não seria um ordenado inteiro. Mas chegaria para um e outro mantimento que não se produzisse na terra. Fiquei com o arredor da casa e nada mais; esse o combinado. As terras de produção voltariam para ele dispor como bem entendesse, arrendando para terceiros. Ou coisa parecida. Assim, fiquei conhecida como 'fessora' em casa de seu Gumercindo. Assim eduquei seus netos até que crescessem. E, ainda hoje, recebo ajuda e presentes deles. Quase nunca visita.

15

Tem: o acontecido, o lugar, o envolvido, a testemunha, o latido dos cachorros. Tudo vira narração. De boca a ouvido, de ouvido a boca, de pessoa a pessoa. Multiplica-se o fato. É como um trem, as pessoinhas embuchadas de histórias, vagando, de vagão em vagão, isto é, de bolso a bolso, as histórias, agora entendidas como palavras, sons, imagens, vem chegar aqui. E alguma traição, algum assassinato, alguma briga feia, chega de longe. E tem coisas rendosas como as lendas, os mitos. Quanta ouvi! Quanta coisa vi pelos olhos dos outros. E não é isso contar? Conto. E a você te parece estranhos os nomes, os rostos, os lugares que repasso. Mas tem a conexão direta comigo, essa presença entre você e aquelas pessoas.

Quando você contar a outra pessoa, caso queira ou possa, a elas vai parecer tudo muito nebuloso, esquisito. E a forma com que te narrei os acontecidos da minha vida — mesmo parcos — vai ser mudada em outra. Tenho comigo que a vida da gente vira lenda há léguas daqui. Contada. Recontada. Assim as coisas simples, comuns até, viram, ao pinga-pinga, numa coisa da ordem dos gnomos. E não é que eles não existam. Mas já reparou, não sei se falo bem, nas admiráveis coisas que dizem sobre o menino Jesus? Que ele matou um homem com a força do pensamento, só porque este tinha atravessado seu caminho. Que ele matava pardais apenas para ressuscitar depois. Que ele, no berço, disse ser o filho de deus todo poderoso. Muitas coisas aumentadas da realidade arenosa da vida do cristo. Os apócrifos. A vida da gente vai ganhando versões, modos, jeitos, olhares cada vez mais distanciados da gente. Não adianta. A cada repetição dum fato ele ganha novo contorno, moldura. Ponto a ponto sendo tecido de acréscimo. Com a passagem dos anos, remendos. Mas e se eu conto a você a minha vida dum jeito, já desenredada, já esmiuçada em cacos, já desfeita em remendos? O que vai ser? O que vai virar? Já entrego a você retalhos e não uma colcha pra se desfazer no tempo, dentro e guardada num baú. Não. Entrego outra coisa. Acontecido esparso. O despregado vai repousar a cabeça cansada debaixo do prego? O que voa derradeiro cai? O que anda livre-solto acaba por encontrar o pasto onde deitar na morte? E se assim for encontrarei meu túmulo, meu nome, meu rosto, na boca de pessoas muito longínquas de mim, daqui. Você: meu transportador.

O bonito nas histórias fica no transporte. Tem muito de portentoso atrás do ocorrido. A forma que ele te alcança. O inexprimível de repente. Não foi assim, por um acaso, que você me encontrou? Não foi assim que você vai contar a outros o que ouviu de mim, sem que eles saibam onde você esteve? É na boca dos andarilhos, é na boca dos trens e carroças e charretes que a vida da gente, como se pregada no chão natural, como as árvores frondosas, viaja desse modo. Por isso que ando pelas suas pernas a partir de agora. Os seus bolsos vão ser a minha morada. A boca. O olho. O que viu andará por aí, depois, na reprodução alheia. E vou ser um conto bizarro. O que vai sobrar da minha narração mal-feita? Outro enredo. Outro começo terá a minha vida. Outros pontos. Acrescimentos. Desdobramentos. Eu eu sei onde vou parar? Num sei, sei. Dou de ombros pro futuro, que ele me alcança de todo jeito. "A galinha dá um carreirão, assim ó, mas uma hora ou outra ela encontra a faca na mão da gente" —, mamã dizia. De modo que fico eu, sozinha de tudo, acompanhada por dizeres cada vez mais lontanos de mim, ecoando fundo mais pra dentro da caverna dos ouvidos, se afastando da borda... Chegará o tempo que eu não vou lembrar mais dos dias. E, caso voltar aqui pra testemunhar essa carcaça de desfazendo como fiz, em meninice, ao ver a velha se desmanchando em cima daquele lençol amarelado, vai ver que não sou mais a mesma. Pode ser que negue o que te contei. Com certeza. Cabe aos velhos desdizer muitas coisas antes de partir. Cabe a mim negar o próprio pecado, não pela força do orgulho, mas pela ação do esfarelamento da memória. Tempão. Os dias vão comendo tudo que veem pela frente. Ah. O mais escondido, também. A nada perdoa-se a boca do tempo. Mastiga! Mastiga! O meu nome indevido, sugerido no farfalhar desta árvore. Me tritura inteira com esses dentões de aço. Rio, pois, de ti, vida.

Na corrida de volta à casa, uma pacificação me acostumava com o sol que, talvez, fosse o mesmo. Um alivião me acometia. D. Iria tinha sido enterrada sem que eu pudesse ver, num campo santo de alguma capela — hoje não saberia localizar. Não é incomum que, passado tanto tempo, já haja casas e vilas em cima dos sepultados. Há mesmo, numa cidade, ouvi dizer, um bairro todo sobre o campo santo, onde ainda se vê, assim dizem, algumas elevações, lápides e até mesmo cruzes, que o povo têm medo de retirar. Mamã vinha quieta, como uma monja. O amarelo das plantas já não era tão intenso. As coisas pareciam sair de uma longa pausa, como deve ser uma manhã sem neblina. Onde tudo podemos ver. Ao atravessar o matinho de antes, agora por um desvio, um trilho diferente e fechado, ficamos defronte de uma bica d'água no caminho. Tínhamos sede e mamã sabia procurar por água. O chiado manso, o frescor. Subsequente perturbação; nada pressenti. Vi um borrão na água. Não era a primeira vez, mas, sim, o princípio de uma lucidez. Clarões. Sabe quando se alumia um cômodo há muito esquecido? Tamanho era o meu próprio esquecimento. Era um rosto negro — o meu; distando mil léguas do rosto de mamã. Eu era um país estrangeiro. Lugarejo para os tubérculos. "Eu sou eu" — pensei — "eu sou eu". Um continente, uma ilharga, um estopim. Não foi sem consequências, não foi antes da consciência do terremoto que se formara no meu estômago. Meu coração se despejou para o lado direito. Movi os olhos, em busca dos olhos de mamã, levando a concha da mão com água para beber, alheia ao que se operava em mim. E soube que tudo que se passava comigo, era só meu e indiferente. Era meu e incompreensível numa língua que não fosse a minha secreta comunicação com o mistério. Enfim. Eu era uma coisa sozinha no mundo. Eu era eu.

16

Eu era eu. E não tinha um nome. Mas, embora eu estivesse sempre afeita à perguntação, não cabia a mim, sob o olhar manso de mamã, questioná-lo. Nunca, até aquele momento, eu havia sabatinado uma identidade própria. Eu tinha um outono, afinal. Uma maneira de ir envelhecendo. Tinha contornos. Um corpo para a dor. Agarrava a ideia de partir — até onde eu chegaria? com aquele corpo miúdo, as pernas da infância. Olhava o que, para mim, era o fim do mundo. O limite que cercava o que, por esse vasto território, os meus olhos podiam alcançar. Estava sentada — numa pedra por pedestal. Obviamente, gostava muito de saliências, como sugeria vó Giza. Gostava de estar no alto das coisas, como, um dia, gostei de montar nas costas de mamã. Quando — apenas retenho esguichos de memória — ela me erguia, com as mãos brancas, até os ombros, para atravessar um pasto alto, ou quiçaça, bem como os corguinhos onde os bois bebiam água e, às vezes, uma pessoa em desespero de sede. Água boa para animais, para sacis, quem sabe, mas não. Era uma água corrente, mas turva; doce, mas sem o sabor de uma água que tenha vindo, tão logo e fria, das veias da terra. Assim lembro: o topo da cabeça de mamã, quase sempre à mostra, o cabelo preto e liso repartido ao meio. Era como um trilho por onde passávamos, uma fenda, por onde, chegando bem perto, eu descobri que cabelo tem raízes, como uma espécie de relva. Me espantei ao ouvir, um dia, que o cabelo continuava crescendo depois da morte. Pensava no cabelo da benzedeira crescendo sem fim, debaixo da terra; capim que não serviria como alimento para nada que se escondesse sob o solo. Olhava a distância de um horizonte: a repartição de duas porções de terra. Encontraria conforto no outro lado da margem? Toda pessoa é um lugar no mundo. Eu: oca.

Tinha descoberto que o umbigo do mundo ficava em outro corpo. Quando a gente se pega crescida, nos ossos, nas ancas, nos olhos, nos quereres, a gente pensa que descolou, enfim, da casca do ovo materno — que desabrochou de manhãzinha. Mas a gente dá uns poucos passos e dá de topa com a verdade incômoda da constituição das coisas. O que se revela distinto e mostra o outro lado do conhecido. Como naquele joguinho da cara ou cunho. Só muito tempo depois fiquei sabendo que ao ser eu mesma, eu era todo mundo. Eu era toda mãos e olhos. Quando a gente se acerta no conhecimento de si mesmo, é possível ver o mundo todo numa gota d'água. Está-se a andar, pois bem, pelas pernas dos outros. A olhar o mundo com os olhos dos outros. E não é assim viver? Arrasta-se o corpo como todo mundo antes, esse império dos mortos, o passado da gente. De repente a gente se apercebe disso. E quanto isso me veio a mim, fiquei tonta. Em desespero de chateações. Gulosa que eu era de comer o mundo com a minha boca, olhos e mãos. Que eu era quem. Eu: a coisa alheia. Desconfiada como uma lebre do mato, saltava de canto em canto, achando que ia desapercebida dos outros. Que eu, a desconhecida, era uma coisa miudinha e sem par. Que eu era o diferir. E havia aprendido desferir golpes de atrevimento. Olha-se a casa, o terreiro, o pomar, o mundo todo com os mesmos olhos que antes essas coisas foram vistas. Tolere. Não fui eu quem inventou a repetição.

Cada vez mais me custava aquele estado das coisas em que me incluía em tudo, ficava sendo um objeto entre outros objetos. Buscava o desligado para frente. Se desprender de mim mesma. Mas havia ganho barreiras; paredões e viço. Um reflexo na água corrente.

O vento dedilhava música nas folhas da imbaúba. Vi mamã se aproximando, com um lencinho na cabeça e uma canequinha de água na mão. A moleira protegida.

— Tome na sombra — recomendou —, sem apanhar réstia.

Enquanto bebia, sem respirar, pude notar que os olhos dela me refletiam.

— Por que eu sou tão escura, mamã?

Aquela pergunta brotou da minha boca, como se se formulasse sozinha, sem carecer de, antes, a pensar. Palavra cuspida. Vi que ela ergueu as sobrancelhas. E sorriu.

— É porque você fica muito tempo no sol.

Ouvimos vó Giza gritar. Mamã não demorou a ir até lá, levando com ela a canequinha de alumínio. Daquele momento em diante, tomei pavor do sol. E o evitava sempre que fosse possível.

17

Ateei fogo na criação. Quando em nunca, a ideia vinha assim, do vento? Do medo, do mundo, do meio. E essa cócega cresceu robusta, aqui, ó, no miolo meu. E aqui, e ali, o comichão andejando: ora na cabeça, ora no peito, ora nas partes. E veja: se deixei de responder ao comichão, com o ímpeto de fulminá-lo. Como se coça o eterno? Como se roça no de-lá? E eu haveria de saber, em minha meninice? E eu haveria de desconfiar de alguma coisa? Absorta. E só. Como um bibelô caprichoso da natureza que quando quer, quando lhe aprouver, sai com umas criaturinhas feito eu: cheia de abjeção. E palavra. Ainda mais quando, se bem que nem sempre, puída, perdida no meio de tantos dizeres. E que, diluída na água que coagula em um coco verde, afogada em mim própria, essa coisa liquidefeita, reagia, assim, sem a destreza dos mais velhos. E de que eles saberiam? O que eles entendiam? Embora tendo vivivo tantos e curtos anos, como eu, em idades semelhantes no número, quer dizer que o sei, que o sete, que o oito é a mesma idade em todo o povo? É a saber, se sei, uma adivinhação de jeito? Uma forma de? E eu? E eu? Eu era. E assim sendo uma coisinha gerada de muitas barrigas, filha de muitas mães. E, em prática, só delas descendente, feminina e única, filha queimada do raio, que me abrigava ao sol, debaixo da imbaúba... por medo de me queimar. Fiquei consternada pelo fogo, que rodopiava conforme o vento, transformando-se em dedos longos e baixos.

— Macúla... —, escutei vovó cochichando na cozinha, arqueada.

É do meu feitio filar palavras da boca dos outros. Aqueles antepassados que povoaram esta língua antes de mim. Muito tempo atrás, precedendo a minha iniciação no verbo. É gosto, desde menina, pelo som das palavras. Botava reparo na forma que as pessoas, em volta, falavam. Se era com força, com fraqueza. Fui aprendendo a repetir traições, mentiras, juramentos. Sabia, desde tenra, como dizer as coisas, como lidar com manipulações. Eu era toda ouvidos. E em tudo reparava. Caso que, por tempo curto, até me chamaram de anteninha. Era ligada a tudo que acontecia, ao que falava mais baixo, ao que falava em sussurro. Porque, em casa, tinha muito dessas conversas sibiladas. Como se a pessoa, sob forças estranhas, necessitasse, e muito, de dizer, de dizer, mas não fosse sábio deixar-se ouvir pelos outros. Foi assim que aprendi a me esgueirar por debaixo de mesa e cadeira, atrás das portas e janelas; a me esconder com rapidez por entre os matos, para ouvir melhor. Desse modo ia chegando, com pés de pano, até o fundo de algumas coisas. Mas se um dia fui ouvidos, agora sou muitas bocas.

Pegava no pulo, como se com anzol, ou mão hábil, os cochichos — estribilhos. Segredos guardados em bocas abertas. O que era aquilo que me definia em soletrações? Em línguas deformadas para os ouvidos? E a surdez que eu era? E a surdez de meu nome? Que eles sabiam de mim? Que eles? Eu... Se se passasse anos mais do que uma árvore aguentaria em pé, eu estaria em pé, à espera do meu nome. De mim. Não aquela que vi na bica d'água. Não aquela que vi no sonho: eu sentada, brincando que estava com uma bonequinha de pano costurado, e ouvi os passos vindo em direção ao quarto claro-escuro, onde se via, nitidamente, mesmo sabendo do tamanho do escuro. E era eu mesma vendo, entrando pela porta. Deparei. E era eu mesma? Sem tirar, nem por. Coisa-feita. Mandada de onde, que havia sido? Nem, nem. Sei não sei; eu-mim. E desse encontro escabroso? E desse evento soprado nas minhas ventas, enquanto dormia? O que ficou de mim mesma, se vendo, assim, duplicada? Gêmea? Tem o verdadeiro fidedigno, tem o sobrepassado. Eu sou a sombra. E acompanhei o olho daquela menina até os dias de hoje. Assombrada pela própria cara repetida, dentro de minha cabeça, alguns disseram: a outridade. Eu: o barro assado. Eu: o punhado de terra. Eu: o chorume. E de tanto medo do sol, esse inimigo que, em dia de minha concepção, covardemente se renegou ao socorro. Tanto temi o sol, tanto temi queimar, que queimei os bichos, numa fogueira que acendi com a raiva que constituía meus ossos. Outra vez matara.

Eu tinha caído, desmaiada. Só recobrei a vista, ainda turva, com mamã me sacudindo. O estrago que tinha feito já fumegava, virando brasa. Meia dúzia de pintinhos tostados, já sem penas. Ela me pegou no colo. Caminhou rápida. Em algum tempo já tínhamos contornado o morro com mato fechado, chegando à casa de d. Fiica, que veio nos receber na porta, como quem soubesse da visita inesperada. Ela me tomou dos braços de mamã. Foi então que pude reparar, mais de perto, nos traços da velha: escura, mas não como eu, os olhos grandes com um caimento. O cabelo grosso, liso e encanecido.

Gastara muito tempo sentada em carpintaria de ideias. Às vezes recitando pensamento, por alto, à imbaúba. Mas tornara-se coisa feia flexionar pássaros. Torcer as penas dos frangos. Retirar pelagem de bicho que mama. Era coisa bruta aquele tempo. Era nhatã. Eu. Era tonga e abreviada no corpo. Diminuta. Tornara-se baco o ato de dizer coisas até perder de vista. Ou pensar com a mão esquerda. Pensar com a terça parte do cérebro.

— Tem um coágulo de sol na cabeça dela. Convém vazar — disse d. Fiica à minha mãe. — E susto. Essa menina ficou assustada?

Ela se levantou para pegar um pano, que dobrou três vezes sussurrando alguma coisa. Depois pegou um copo com água, até a metade. Após, colocou o pano no topo da cabeça e o copo virado pra baixo. Em algum tempo a dor foi desmanchando. Dizia ela que se a água borbulhasse igual a pegar a ferver, era certo o efeito. E foi. Depois, tirou uma brasa de lenha que estavam no fogão de lenha e depositou numa bacia com água. Esperou que boiasse ou afundasse. Afundou, deixando um rastro de fumacinha que escapou da brasa ao tocar na água.

— É susto! — decretou a senhora.

Aprendido o caminho, sempre ia ter com d. Fiica. Ficava, de enxerida, horas e horas com ela, vendo-a preparar suas infusões. Além de ajudá-la com pequenas tarefas, como carregar baldes com água, regar as plantas, a ouvia em tudo. Nem sentia o tempo passando quando ela me contava coisas sobre o mundo. Ela era a única pessoa que conhecia, naquela altura, que já tinha viajado para outro lugar. E me dava uma vaga sensação de ver, através de sua memória, alguma coisa maior, mais longe.

18

Odiar é abismo perto. Tanto odiei vó Giza por ter sussurrado meu nome — Macúla — sem que fosse nunca dirigido a mim. Havia voltado para esta terra, conseguindo o direito de aqui residir por ordem de seu Gumercindo. Mas não tornei a ver as vizinhas, nem mesmo sabia quem e quem estaria vivo, passados os anos. Me lembrei de d Fiica, senhora que, bem eu quisera, poderia ter sido minha avó, que ela justificaria o fato de eu ser quem sou. Ela que me ensinara, sem as palavras de mamã, a perceber o formato das coisas. A encontrar remediação. Passava os dias cuidando da casa, que carecia de reparos. Pensava em por animais para criação Terreiro vazio não presta. Quem sabe ela não estaria ainda em pé, cozinhado e fazendo infusões? Quem sabe ela não teria alguma erva ou oração que me dispusesse em alegria?

Tratava de ler, debaixo das árvores, os poucos livros que detinha comigo. Lia e relia. Não era incomum que eu saísse de um livro com a noite nas costas. Desapercebida de mim e do mundo. Encontrava neles uma forma de retorno. Mas a quê? Talvez seja uma forma de estar no mundo, com ele — sem divergências. Eu ia sem aderência. Os olhos tornavam a mirar o monte, atrás de onde deveria encontrar d. Fiica com seus conhecimentos. Minúcias. Precisava de pretexto? Muito ouvi dizer da cura dos medos: de cobra e de escuro. Irreflexões. O medo era presente. Mesmo eu já havia sido curada do sol. Mas não de mim. Eu permanecia escurecida. Uma porção de breu. Disso, agora eu sabia, ela não poderia me libertar. No outro dia iria buscar ter notícias dela.

Com algum custo, fui rememorando o trajeto, que parecia diferente. Mudado. O trilho que mamã e eu atravessamos não existia mais — o que eu mesma percorria, sozinha, para ter com a velha. De longe, ia uma fumacinha subindo. Não demorou muito para avistar a antiga casa de sapé. E a senhora vindo detrás da casa, com uma baciona cheia de milho, com que tratava das galinhas. Ela veio na minha direção.

— Menina — gritou —, parece que eu tava adivinhando você. Assim mesmo. Desse jeitinho. Grandona. Hoje mesmo uma vespa entrou em casa. Não expulsei. Pedi que me contasse quem vinha vindo...

Ela estava menor. De idade. O cabelo tomado pelo branco. Parecia espuma. Me deu um abraço e pude sentir o cheiro de lenha. E eu era, de novo, uma menina precisada de orientação.

— Tive medo — eu disse.

— De não achar o caminho da casa? — riu — Tô velha, mas viva..

D. Fiica deixou a baciona num canto e foi me levando para dentro da cozinha, onde havia café fresco. Me serviu um copo bem grande, para me dar forças, como ela disse. Abriu uma lata florida, de onde tirou biscoitos de manteiga e nata. Grudam nos dentes, com apego e sabor.

— Parece que foi ontem — comentou.

A última vez que nos vimos, era para me despedir. E pedir a benção. Depois daquilo eu veria o mundo para lá do horizonte. O que eu admirava com sonhação. O que pretendia ser minha fuga de tudo o que limitava.

— Eu devia ter ficado com você. Não deixado ir pra longe. Hoje penso isso. Mas tem coisa que é pra gente passar que outro não passa.

— Tem razão — respondi sem interesse nessa conversa.

D. Fiica me olhava como se desconfiasse do que se passava comigo. Sabida de alguma dor, de algum membro latejante. Porém ela não agia, como eu tinha feito: ao observar seu caminhar tropeçoso, olhando meu corpo. Ela fitava o meu olho olhando-a. E parecia tocar o sal na minha pele. Terminado o café, ela me convidou a molhar as plantas com ela. Ela buscou água num poço, puxando as rondilhas com alguma dificuldade. E daquela lata surgia, para mim, o meu reflexo no córrego onde, uma vez, me descobri inteira. "Bebe", disse mamã, me levando sua mão à minha boca. Com outra canequinha, d. Fiica ia despejando água nos potes com flor. Eu mesma havia sido regada daquela maneira. Eram de todos os tamanhos e origens. Latas. Bacias. Canecões. E até mesmo um pneu.

— Não tem mais dor de cabeça? — me perguntou.

— Pior que não. Mas ainda tenho medo do sol.

19

Revi muitas vezes, nos sonhos que tive, a palavra "macúla, macúla" — que eu não sabia o sentido. Foi como pôr, em mim, uma pequena brasa. E segui como se sabendo de um segredo alheio, que me dizia respeito. Sabia, por fim, o nome que nunca me diziam. Tinha adivinhado que era nome-feio, portanto, o meu nome. Dado por vovó, e outros. As pessoas que não suportaram me saber de pele escura e rarefeita, coisa tolerada debaixo de muito deboche e sarcasmo. Odiei vovó, como verdadeiramente, só é possível odiar a quem muito se amou. Todas as palavras ressequidas de sentimento, a boca torta, caíram em em mim como malas de cima do guarda-roupa. Vovó me deu, mais de uma vez, um rosto que era meu. E a menina, cuja figura era a repetição escurecida, a minha figura subtraída da luz e da cal, nunca mais retornou.

Me refugiava, você sabe, do sol, da luz, debaixo do pé de manga, onde assassinei pintinhos dourados. Fiquei ali — có, có, có; ti, ti, ti — até que eles se enfileirasseem com as patinhas de sossego, com as que iam bicando o chão, ansiosos, sem jeito, nem força. As galinhas vinham de trás, acompanhando os passos dos filhos. Eu era o abismo para onde se atiravam insones. Movidos que eram pelo que tem-se no meio de si — a força que empina tudo para frente, que faz a gente acelerar. Dengosinhos e chatos, vinham se amontoando nos pés. A fogueira ardia. O som de dedos se estalando. Era a madeira fumegante. Pudera? brincadeira de criança?

vingancinha? Pecado de morte. Marcações. Atirei muitos deles no fogo. Uma morte crua, mal-cheirosa. Anos depois. Só quando, em confissão, contei à minha patroa, o que havia feito, o que havia se passado, é que descobri não ser "macúla" a palavra, mas "mácula".

— Não me chame nunca pelo nome: Macúla —, disse a ela.

Ela riu, naturalmente. E repreendeu meu assunto. Era mácula, não macúla. E isso não era nome de gente. Nem o meu. Não convinha que eu repetisse aquela palavra a ninguém. Em nada era algo próprio. Em sua casa, por todo o tempo que gastei trabalhando nos afazeres domésticos, antes mesmo da chegada do menino, fiquei sendo a Bá. Apelido anterior ao fato.

Mas, minha avó — parva, mequetrefe — foi a única a me dar um título. Nome que pesquei no ar, com grande pressa e perturbação. Nome roubado por mim mesma, assim como há quem roube seu próprio corpo para ir em direção ao horizonte. Não soltei ele jamais — esse som moldado na boca dela; boca de poucos dentes. Nome que é, em concretude, alimento que me custou sóis e luas, nuvens e ventos, para triturar com os dentes — os meus — em voz alta. Dizê-lo, confessante e íntima, mesmo a mim, sussurradamente, aumenta o mais escuro da noite. Enjeita-o em cor mais funda. Porque tenho ganas de povoar a noite comigo dentro. Som que se mistura no breu. Que é esse o de apontar o nome dos outros? De marcar-lhe com estigmas, à ferro incandescente? Meu nome: punição. Macúla. Mácula.

20

Uma vez me deparei com uma onça no mato, no entardecer. Ia apinchar o lixo fora, para baixo de casa. Aqueles olhos de lanterna. Sabe? Essa a beleza da minha mãe. O animal passou por mim, farejou. Seguiu caminho. Eu: feito uma estátua de sal. Assim diziam, assim afirmo. Mesmo depois de crescida, conservava as bochechas como dois pãezinhos fermentados. Branca. Já eu, vê, sou escura. Mistérios. De queimadura, o povo diz. Era obediente em tudo; falasse, era por olhos no chão, com a cabeça baixa — como se colhendo ciscos. Timidamente se conduzia pelo terreiro, pelo mundo mesmo. "Aprendi muita coisa vendo", dizia minha mãe, "sem precisar de perguntação". Era distinta. Um olhos que te percorrem o corpo, não com necessidades de mulher, mas com timidez e sabedoria, lhe arrancava coisas de dentro, como ela fazia com a terra. Mamã cavava as pessoas com as mãos que têm os olhos. E isso até causava espanto. Aquele silêncio todo de monja carmelita, no meio da roça, em que paragens o pensamento dela ia dar? Pois a gente fica, sempre, sempre, sem descobrir. Só ela mesmo. Naquele tempo, afora a obediência de cabrita, minha mãe se afamaou em fazer coisas. Vim a saber: de pequena e em moça. Produzia chamamento de coisas terríveis. Produzia estalos por toda a casa. Barulhos não antes percebidos por vovó, em companhia, ainda, de vô Tonico. Estrondos que não havia, em casa, antes da chegada da mamã. Sei dizer não ao certo. Coisas. E o dizer tudo a boca comporta? Sei não. Mas diz-se que, quando nasceu, idos anos já, minha vó, d. Giza, nem tinha batizado aquele pacote em forma diminuta de gente, trazia sempre nos braços, ou num cesto em cima de alguma tábua, dentro de casa para não apanhar friagem: mês de junho ou perto.

Tem coisa que carece de explicado. Tem coisa que não se explica. E eu penso, terá deus, em sua grandiloquência, uma motivação? Quem é de por na gente tal pensamento? Quem é de por na gente duvidação? Garrei um rumo na vida de perguntar, perguntar. Mãe minha não via maldade. Tudo no mundo tem nome, dizia, tudo tem arremedo. E eu distorcia a cara em não acreditar naquilo. Andava, com ela, pelo mato, pelo pomar, pelo pasto, querendo saber o nome das coisas. Eu apontava tudo com o dedo, ou com um galho que tivesse em mão. Que isso? Chal-Chal. Que isso? Imbuia. Que isso? Tarumã. E ela, bendita, ia me dizendo tudo com a maior das paciências. E isso sem livro nenhum. Pensava comigo: como ela fazia? De onde tirava tanto saber o nome das coisas?

Certa feita, era tarde da noite e minha avó ouviu um fungado forte de bicho em volta da casa. Levantou, nem calçou as chinelas, sentiu o frio do chão de terra batido, foi no bercinho — na verdade um cesto de palha trançada, como se fosse um cacho de fruta por amadurecer — ver a menina, que dormia. Tudo nos conformes, não fosse o fungado insistente. As vistas, acostumadas com aquela penumbra, enxergaram uma sombra que passava pelas frestas da casa — algum tempo sem manutenção. Rachaduras. Estrias. E aqueles dentões, encurvados. Parecia relincho, mas não era égua. Parecia cachorro, mas não latia. E aquilo de cheirar, e fungar nas frestas da casa. Rodeando por tudo. Minha vó se persignava, tremulante. Aquela mulherzinha bamba se benzia, se benzia, e o bicho parecia maior, maior. E galopava no entorno da choupana. A criança acordou em grito. Enfeitiçamento. Coisa mandada? Invocações. E o bicho pegou fogo em ter pelas frestas a tentativa de entrar; rodopiando em volta de tudo. A mulher, de pé, com a menina no colo, sem força de mudar os passos, com dor nos dedos quase congelados. E tinha voz aquela criatura? O bicho encrencando. A criança de choro. Era dela que vinha atrás. O bicho sentiu o cheiro de criança sem batismo, assim se diz. Se é ou não, não me boto em abuso. Creio. De fato e verídico, minha avó botou minha mãe nos peitos, fê-la sossegar, entupindo a boca. Rezando baixinho padre-nosso-padrinho, ave-mariazinha, como menina nova que era. Foi uma noite muito escura, de friagem, de apavoração. E a menina tornou a dormir, enleitada. O bicho se cansou. Foi-se embora. Mas tornaria todas as noites, aquela peleja de medo e assombração. Até a menina se fazer batizada.

21

Fazem muitos janeiros, um raio desceu; famigerado e impróprio. Caiu para atingir uma árvore, onde minha mãe se escondia da chuva. Ela estava no campo, sob ordens de vó Giza, a fim de cuidar das cenouras, que cobriam um pedaço bastante reduzido. Uma de suas tarefas, era cuidar de sua formação. Plantou, em tempo certo. Regou nos dias sem chuva. Diariamente. E, no tempo certo, deveria colher. Puxava-se pelo rabo, verde e cabeludo, até ver sair, inteira, a cor laranja nas mãos. Em boa época, são robustas, chega — um dedo de legume — para uma salada, misturada a couve, picada em tiras bem fininhas. As nuvens cobriam o céu. Estava anunciada a chuva. Mas a moça, em distrações, assim, com seus pensamentos, como conta-se, andava nos últimos tempos, afeita a solilóquios. O que tanto punha na cabeça: cenouras, esperanças, sonhos. Não é de se saber. Mas andava solta, meio despregada de si mesma. Não era incomum. Mamã era dada, de tempos em tempos, a deixar-se esquecida assim. Tenho comigo, em impressão pressuposta, que vó Giza, pelo que conheci dela, a chamava de mandraça, de alonsa, de mandrana.

O tempo fechado. A tarde cozida. Sabe: quando a umidade que há nas coisas sai ao modo da fumaça de algo preparado no fogo. Entre o anúncio e a precipitação da chuva, mamã de cócoras, abaixada, com os olhos sempre rentes, cuidando do prescrito por sua mãe. Deve ter sido pega traída pelos primeiros pingos, que ainda não ofereciam risco algum. Mas convém deter-se em obedecer, de modo mais urgente, ao clamor da água. Com sede, com fome, ela olhou para o céu? E encontrou-se já com o breu que há na véspera de uma tempestade. Será que a vovó a chamou, desordenando o serviço? Ela, em sopa, correu para uma árvore, a modo de proteger-se. Por quê? — me pergunto — menina crescida no rural foi buscar abrigo do tempo em pé de árvore? Ela bem que sabia que o fogo se armaria por ali. E não teria sido numa árvore, como aquela, que o fogo desceu e se apresentou, fingindo-se de coisa milagrosa? Acaso não tinham sido os deuses descidos, aos olhos humanos, dessa maneira? Mas assim foi: ela não encontrou proteção.

Na dita situação, abandonou as cenouras já recolhidas, e as que havia, ainda, de recolher. Tremia, é certo. O que havia, de teto imediato: um pé encorpado de mutambo, uma árvore de copa larga. De fato, há quem diga que os primeiros que aqui habitaram, de gente vinda do além-mar, ou mesmo nascidas em terras por aqui, mas descendentes de fora, tinham, por hábito da necessidade — em caso de destruição de suas choupana, ou de sua prévia construção, morar dias debaixo de árvores assim. Em tempo de seca, quem sabe. Conta-se de famílias inteiras abrigadas assim. Mas ela, desse jeito, debaixo da chuva. O risco de um raio pousar. E pousou. Estrondo. Um raio pegou em cheio a árvore, partindo-a no meio. A seiva explodida. Por bem, ela escapou. Tombou com o peso do fogo que reverberou no tronco, trincando o casco, ralou em sua pele. Foi o tempo de vó Giza recolhê-la nos braços e com a força do socorro, abrigá-la dentro da casa.

Defrontada com a morte, benzia-se em seu ventre, secretamente, uma vida canhengue. Persignaram-se, aflitas e tontas, a avó e a benzedeira que, mais tarde, ao socorrer a menina, perceberam nela sinais de gravidez.

— Estado interessante — disse a benzedeira, d. Iria.

E só poderia mesmo ser um embaraço. O impossível é tudo que não se vestiu com a película do explicado. Vovó ficara horrorizada. Como poderia isso? Mas o tempo não negou a verdade à benzedeira que, com poucas semanas, adivinhara a minha chegada. Conforme a barriga começou a apontar, mamã foi escondida. Desapareceu de rezas e outros compromissos com as vizinhas. Já não ia na roça, nem lavava roupa com as outras mulheres. Ela nunca quis revelar o que acontecera. Nunca dissera uma palavra sobre isso. D. Iria e vó Giza tiveram de aceitar que era obra do mistério, coisa sem explicado. Aparição. Eu me desenvolvia no ventre, sozinha, sem argumento. Obviamente, não foi possível reter a notícia que filha moça e solteira de d. Giza havia embarrigado. Mas, se por malícia ou compaixão, aceitaram que eu era filha do raio. Vó Giza, hoje penso, preferiu a vergonha de ter filha moça com filho do que, como tantas outras que apareciam com filhos tardios, ter de me assumir como filha; eu: essa corzinha. Creio. Não foi de jeito de assumir que se deitara com homem de cor, ainda que viúva, era fora de um casamento. Que a juventude da filha abrandasse o pecado, o impulso. Talvez o crime de ter cedido à violência com que fui concebida. Não sei o presumido. Não sei se achavam o que acho agora. Imagino que, em algum momento, ela estivera disposta a me ajeitar em aceitação, caso fosse um menino robusto que cresceria e seria o homem da casa. Alguém para roçar, limpar o terreiro, trazer sustento. Teimo. Era e é assim. Mesmo ela tendo provido a casa com o de comer e o de beber sempre, sem precisão nenhuma de cuecas.

Era melhor que eu fosse filha da filha.

Nascida, constataram com assombro: era escura. Daí, no apanhado dos fatos, me acharem ferida de raio. Desse tempo, fiquei conhecida como procedida do fogo. A queimadura que nasceu para vó Giza.

Estrondo. E mamã caiu grávida. A árvore está logo atrás da casa, ainda partida ao meio, ainda meio morta. Nasci, como o povo disse, queimada. Por isso o olhar enviesado com que me acolhem aqueles que sabem da história. A filha do vento, da chuva, do raio. E por isso há que me procure, assim como procurava minha mãe, não recebidos com a mesma lisura, as pessoas que necessitam de alguma coisa que tenha que vir cavalgando o sobrenatural; aquilo que vem vindo no relâmpago: palavras bem-ditas, aconselhamentos, soluções pra alguma dor, conhecimento de ervas, histórias para boi dormir. Diz-se que tocar na menina-que-veio-com-o-raio traz sorte, algum tipo de desmanchamento de magia. Pudera. Sou eu um antídoto de feitiço? Sou nada. Quem veio junto do raio, tem um temperamento estrondoso. Ralho muito com as coisas aqui em casa. Chateações. Tenho pouca paciência. E caso tudo calasse a boca por tempo em demasia, me encheria de grito nos pulmões, e devolveria a raiva às coisas apaziguadas.

De um raio: assim concebida. Implicação do impróprio; do que não devia de. Nome de meu? Não tenho. — Olhe em rebalde: tudo tem nome — dizia mamã —, tudo tem dono. Olhava em volta, perguntando — que isso? que isso? — e tudo tinha, em diferente qualidade e som, nome próprio. Menos essa daqui: filha de um raio. Tem coisa debaixo desse sol que não se entende, enviesada que a vida é. Por si só. Esquisitice. No de já andado, o que o povo, diz-se que, acha ter o direito, a razão, o poder de nomear as coisas. Mas o povo, sem nome, sem rosto, sem voz? Uma face sem voz pode dar nome para toda a gente? Pudera. Eu mesma, me possuindo em mim, a carne, os ossos, esses olhos viandantes, que nome tenho? Que nome me chamo? Que nome tenho na boca dos santos? Se bem que, garantias de, não sei se tenho um borrão de meu no livro do tempo. Registro. Fui registrando meu nome com meus traços, com meus rasgos, no chão da terra. Sou um rastro sem a compreensão do sangue. Redemoinho. Mas não tenho um rosto? Cabelo? Patas por onde me estrepo em caminho vedado? Sou filha de minha mãe e isso há de bastar. Meu nome se confunde em tudo, em todo lugar, nas plantas, nos bichos — como, um dia, também, fui misturada no barro da terra. Em tempo de nascida, era dado aos pais nomear os filhos. Não tive pai que me nomeasse.

22

Eu não sei o que vou dizer; acontece que você quer ficar sabendo. O que tem debaixo de tanta crosta? Quanta vida resta ainda obscura? Tem que ter, tem quer. Tem que ter um jeito, hum, tem quer. Tem que ter um jeito dessa vida acontecer. Cantei na tempestade, era noite e tive frio, mas tive coragem. O medo paralisa toda ação e todo gesto. Imobiliza o pensamento como a um ovo empedrado. Veja: a janela é uma porta ou fechadura? Ela é o mundo que a gente se acostuma. A chuva na janela são as unhas dos mortos. Eles definham igual navios sem porto. Desgarrados pela terra, somos fantasmas. Vida e movimento, combinação. Até mesmo revelar o escondido, apontar o dedo na cara das coisas. É preciso contar, é preciso. Eu sei, sim, sei. Mas como? O doce fica muito tempo no fogo, borbulhando em novidades. Até que é chegado o apuro, o momento da liga, da conclusão. É nesse ponto crítico que caio em pecados. Não sei apurar tão bem, talvez tenha queimado o doce, grudado no fundo do tacho. A minha história é um doce passado do ponto. E, você sabe, um doce desse modo queima a boca, traz amargura. De modo que, como eu, já velha, haveria de dar um doce estragado? Coisa mal feita, passada já? Por isso essa boca cala. Inventa. Torce o pano em busca de mais alguma gotinha de refresco. Sei não, mas sei que já não deveria incorrer em insolências. O prometido é devido. E te prometi que contaria, sei bem, sei bem o que espera de mim. Será se, será se posso e darei? Ruminei a vida inteira, você há de entender, uma manhã, uma manhã em que o sol sorria. Amanheci tantas vezes naquela manhã, curando-a, até virar sal grosso nas minhas vistas. Até doer. Torci tantos momentos bons, me refugiei dentro de tanto acontecido feliz, que me sobra o que? O quê? Me salve, te peço. Me segure bem forte nos braços. E me conte você alguma coisa, gosto... Ao me aproximar de certas regiões do que vivi, como se fosse um mapa estendido sobre a mesa, como se minha memória fosse a casa que agora você vê atrás de mim, cheia de cômodos entulhados de coisas já não lembradas por mim, ao me aproximar do cômodo onde guardei a memória de minha mãe, fico sendo um trovejo. Você que me ouve, não sabe que logo a chuva vem? O meu rosto retorcido em pelancas, não desculpa o choro que se aproxima, o evento da mágoa, da mágoa?

23

Olho pras coisas. Elas insistem em continuar sendo elas mesmas. Obedecença. Desespero meu. Se é que, um dia, fui diferente desta que você vê, agora, ao alcance da mão e dos ouvidos, então há uma saída. Se não... continuo a mesma e isso é terrível. Acordava sobressaltada, no meio da noite, com a ciência de mim mesma. Assombrava a casa a minha figura sisuda. Pandorga que só. Há que se entender, há que se entender: o abjeto da coisa, o nojento da carne; há o rato que adentra o corpo, rói, rói. E quem bota o bicho cá dentro, é a gente mesmo. E no fim de tudo, e de todas as coisas roídas, sou eu mesma o rato que rói. Uma ratazana infértil, sem prole, arrastando o desejo dos filhos nas costas, as pequenas manchas no útero, as sombras que tem por rebento. É gasto, esse olho meu, quase de vidro; derrama grãos que, caso acolhidos pela terra materna, não dá de crescer, num há de vingar. Se sou a mesma, ainda sou as pernas moles correndo este terreiro, olhe, veja: a menina desvairadamente pelo quintal, levantando poeira, dando forma a um redemoinho. Se sou outra, então me confundo com esta imagem roída pela boca dos anos.

— E como é que pode eu ser eu? —, perguntei, ainda em bata infantil, aquelas roupinhas indefinidas de bebezona.

— Essa hora? Me sai com cada uma!

Eu sou eu, a quem anda com pergunta nas mãos feito alimento, semente, dando de comer à terra muita questão desentupida do acaso. E tudo surge, assim, do nada, do miolo, do vento. Viagem. Esse meu desespero em não entender como eu poderia ser eu e não continuar sendo a mesma. Ainda hoje eu olho pras coisas e elas continuam a ser o que eram. O mas! É sempre. E o sempre não haveria de ir se mudando em outra coisa, de forma lesma, até não mais se confundir consigo mesmo? Perturbações. Mesmo que eu olhe pras coisas e veja o que elas são, não a forma como elas estão, acho que enxergaria a mim mesma, um pouco mais jovem, desnuda. E tudo se confundindo, pouco que seja. E eu toda embaralhada, como naquele jogo infindável da cacheta. Os bichos? Somos o que somos. O eles. O nós. Tenho comigo que não há distância entre o mugido, o latido, e o falar. A língua nossa é um mugido com outra etiqueta. E não é que, falando, a gente se mistura nos bichos?

24

Passei muito tempo coletando palavras com que conto a você tudo que sou. Dependi demais de frases. Até formar a primeira — espanto! Não sabia nem das letras. Gastei a vida para acumular esses fragmentos. Desjeitosos. Sei. Perdoe a inaptidão quando ela se apresentar a você. Digo coisas descabidas. Farejo vultos. E há tempos que me converto, paulatina, no passo das sombras. Digo coisas insensatas. Mas não fui, nem sou agora — afora o direito de não prosseguir — uma pessoa perdoada dos tombos.

Não exija de mim a coerência dos santos. Por isso o que conto tem o defeito do meu rosto, e a ausência do meu nome. Tudo que toco, se reveste dessas incertezas, desses avançares e retrocederes, que bem ouve. E atento. E se você pensa que, por nenhum segundo, eu, em cacos, não duvidei das minhas palavras, do que digo e conto, se engana feito um gato que pula errado e parte os ossos. Sou toda blasfêmia, não pelos dizeres, mas pelos duvidares. Sou esquisita e incompreendida, deus poderá comigo? Não de poder. Não de negar. Mas de conhecença. Mas de parecença. Olhe: não é nada dúbio entender deus por si mesmo, que ele mora em nossa cabeça, muito mais do que no mato. Andei e procurei por sua feição em tudo que agora você vê, por aqui: a mangueira onde me refugiava do sol, a enorme orelha-de-macaco, pra quem contei e conto tudo, até que você veio e ficou, até que você veio e também me ouviu. E se digo que sou estilhaçada, é para justificar a minha falta de continuação. Se caso eu fosse pelo caminho que leva até a montanha, acabaria, por força da minha natureza, errando a chegada e desembocando no mar. Esse defeito meu: começar sem começo, terminar sem chegada.

A minha língua é trincada. Por isso os cacos que te dou parecem absurdos, quando postos na presença um do outro. Ou até te parece absurdo que eu te conte essas coisas. E do modo como faço, se faço, é porque herdei uma forma de ordenar as palavras; e herdei, de minha mãe, a forma de nomear o mundo. Tudo quanto sou, essa junção dos pedaços do que eles eram. Eu: a quimera. E não seria quimericamente que eu haveria de te contar as coisas que te digo? Você que me ouve, no mais das vezes, calado. Você que me vê, no mais das vezes, de cabeça baixa. Você que me toca, no mais das vezes, de relance. Não peço que me compreenda; isso exigi de deus. E ganhei uma lufada de vento na cara.

Eu assombrando a casa em passos ligeiros e suaves, eu a fantasma que tudo ouvia e repetia à arvorezona de nome gozado, orelha-de-onça. Eu que publicava, no pomar, em cochicho o que se passava no segredo da minha casa. O que minha mãe trazia no peito. E fui remendando, remedando o que ela lhe disse, anos depois, do conteúdo de sua oração rasgada a deus-pai, no imitar do cristo, que verteu sangue na véspera de sua paixão. Sou um ser pausado. As asmas me põem pontos no meios das coisas, preenchem tudo que vejo, que toco de suspiros. Não os suspiros finais alongados de d. Iria. Sou também um suspiro? Por isso conto entre saltos de rã. Pegue na minha mão, pule comigo. Seja, pra mim, a cartilagem dos meus joelhos. E a possibilidade do voo.

Somos todos um bocejo de deus. Minha relação com ele? De interlocução. Mas nunca da obediência. Ele é o nosso tu. O Tu Supremo. O destinatário da carta que qualquer um é. Somos seu tédio. Quer dizer, somos feitos da matéria do susto e do tédio. Uma substância que dificilmente pára em pé, não fosse um terceiro ingrediente: a insistência. A insistência são os nossos passos. Mas chamar deus em hora imprópria tempera o insosso e ressalta o sabor impróprio das coisas.

Meu modo de rezar era a violência:

"Tu que dobraste a paisagem ao meio, tu que me tocaste ao partir, tu que, nesta terra alheia, reviraste os confins dos assombros, tu que me formaste à revelia dos gostos, tu que me entregaste ao sal e à perturbação, tenhas a delicadeza de me dizer o que há por trás do nome. Tu que me deste o abandono, defere-me para as baixezas todas. Tu que me desceste à terra, sejas para mim um rosto."

A vida? Não anoto para não sobreviver o que mete medo. Tenho tanto medo de acabar esquecendo, entretanto. Prossiga com esse olho desviante. Da norma e do pouso. Segue para o outro lado. Ou esconde-se no ombro do dia? Parto. Nem dou à luz, nem chovo. Constranjo a tudo que permanece unido, sem ranhuras ou trincos. Por isso revela-se no meu sorriso o negativo e não a cor. Escureço à medida que você me encontra. Em qualquer parte. Sabe este riacho? Leva um nome desconhecido. Tudo que já foi próprio termina por sucumbir à pressa. Não escolheu tremer diante do abismo? Fita-o. Há aqueles que começam as coisas. Há aqueles que as terminam. E nós: os que empacam.

Dessa feita, nos resta passar com um leve aceno de cabeça. Uma mão erguida, talvez. Mas nada disso importa mais. Irrelevam-se os gestos em meio à luz do campo. Já não se sabe se inferimos da dor alguma coisa ou se nos ferimos por gosto. Sabe-se lá. Ando com as mãos grudadas ao corpo na esperança de ser sacudida. A mim nada dizem. Resmungam.

Você pensa que invento qualquer coisa? Nãdã. Apenas centrifugo as palavras que nos rondam. Dessa língua que é maior e mais velha que nós. Com a ponta da lança, pequeno insulto, me cutucam as costas; me forçam a partir. Não fui eu que deturpei o acaso? Assim não seguirei mais leve. Aturdida, mas passageiro. Carrego uma longa lista de nomes, datas, segredos. Todos eles enjambrados. Opróbio do tempo. Manhamém. Colises. Messurtos. Boto um ovo a cada pensamento: uma cesura se abre em flor. Vem uns cascudos, malacos, da boa companhia dos mortos. Rejeitei o paço fundamental da cidade. Elevado ao exaurido. Acompanhei as notícias. Transportei-as todas. Feri os caminhos com as estacas que me levavam. Pisei os pés nos grãos semeados pelas pessoas que me atravessaram. Amamentei deus. Cuspi feito mula. Dei coices por aí. Por isso mesmo que ando: para me desgarrar do estampido dos outros. Meus olhos percorrem um mundo aguacento. Demoro muito nele.

25

Assim como a armação duma gaiola, assim como a armação do rio pra capturar os peixes — no leito, no correr d'água —, assim como a armação da casa que mantém todo mundo junto, subdivididos em cômodos, assim como o canil, assim como o estábulo, assim como a floresta que atrai e mantém os animais, assim como o curral, assim como o paiol — casa das palhas e ratos —, assim como as ratoeiras, assim como qualquer arapuca, assim como as armadilhas de caça, assim como todos os abraços do mundo — esse enrosco efêmero —, assim como um casulo, assim como uma casca, assim como um pote, assim como um barril, assim como uma jarra, assim como um copo.

Eis que o tempo se revela em marcações no rosto. Já me doem as pernas, as juntas, os joelhos... Me dói a coluna inteira. Me doem as canelas — dos dedos até a nuca. Desconjuntada. Ando por aí, como que teima em andar. Como as primeiras criaturas se ajustaram a andar em pé, como galinhas. É isso que sou? Molengona. Ando como um bicho entrevado com asas trocadas. Um serzinho dos avessos. Como um caminho mal resolvido que não dá em lugar nenhum. Me dói o corpo e ainda estou aqui, prestes a ter uma próxima fome, um próximo querer, uma próxima noite, um próximo dia. Eis-me aqui, não disse? Defronte de você, desta árvore frondosa. Pronta para partir, e não parto. Pronta e prestes.

Mas um corpo é uma despedida. Uma embarcação. E eu me perco dele a cada passo em direção do vulto que povoa o fim do dia. Perder-se como comprovação da vida. A semente se despacha com as mãos sem terror. O que há de vir — o fruto, o bicho que chega — é o menor dos desastres. Não encontro justeza nas palavras para convidar a um retorno. O que está por ser achado sobrevive como? De espera e anseio. Uma vez um menino se perdeu apenas para ser encontrado. Partiu para o desespero dos pais.

A mãe, que tinha acabado de dar banho nele, foi atender a outra filha, de colo. Era um fazendão de café, possuindo uns galpões de armazenagem. Trocou a fralda da neném; deu de mamar. Foi sondar o que o menino estava fazendo. Pelo silêncio que fazia, devia estar aprontando uma. Tal foi o susto da mulher. O menino não estava mais na varanda. Andou em volta da casa, e gritou pelo marido. Esqueceu da menina no berço, que acordou assustada. Correu para o meio da lavoura, onde o homem, de chapéu, agredia o chão com a enxada. Os dois correram todo o perímetro da propriedade. — Joca! — chamavam. Foram olhar galpão por galpão. O homem foi para a plantação de café, dividida em várias ruelas. O sol — uma gema. Verificou cada esquina entre gritos e assobios. Tornava a carpir o chão com os pés. O menino contava três aninhos. E foi achar ele para mais de três quilômetros de lonjura da casa, já em terreno de outras pessoas. O menino limpinho, como se tivesse saído do banho.

Não é da natureza do desaparecimento a pureza de uma criança. Por aqui, quem some é pela presença do vai-de-ré. Pelo encardido que, esbarrando na gente, deixa uma marca feia. Que ele é arapuca. Que ele é capturador. Que ele é um cômodo fechado. O diabo é o assim das coisas. O isso. O vintém. Tudo que sobrevive, em nós, enquanto despejo. O que borra. O que brota. Mas não há maldade que vença o chamado que a mãe tem, que os pés do pai percorrendo caminho de roça tem. Quando o menino foi achado, limpo de dar gosto, o pai corria descalço. Princípio de chuva — anúncio. O cafezal necessitava banhar-se. O corpo se cansa do chamado, do trabalho da busca. Mas os pés do homem ficaram limpos depois de ter caminhado na chuva.

26

A vida se pega pelo rabo, no pulo. E tem-que segurar com a força do repentino músculo. Esbraveja o potro brabo, esbraveja e dança. E a gente dança junto, numa forma de se reter em repetições dos movimentos. É que pra manter o bicho raivoso sob o domínio do braço, faz-se preciso acompanhar. E depois que a mão se vai em movimento corrente, vem o ombro arqueando junto, as veias do pescoço saltando furiosas, o rosto contorcido em firmeza, a testa franzida, e desce até o tronco a força necessária, pelos quadris abaixo e as pernas que, tentando se manter fincadas no chão, fazem perder o controle. É daí em diante que carece de ir-se com o bicho. Cavalgar a vida. Pelo tempo que dure o tormento. Um e outro acham até um divertido esporte. A gente vai em riba do cavalo do tempo, rosneiro, raivoso. O bicho em cólera salta sobre si mesmo, torce a coluna, esparrama-se no espaço. É da natureza dele se extraviar dos domínios da gente. Desconhece domar-se. E a gente pode? Num pode, nem quem. A gente decide como cair e quando? — não, nem. A gente vai com o bicho, cai com o bicho, vira bicho. E depois se sacode com ele, como ele, do chão empoeirado e vai de novo à investida de agarrar o bicho pela crina, montar-lhe de novo as costas. Brutalidade. É a gente que doa selvageria à vida. O domar. O tender. A gente, ainda que siga com o bicho, sofre. E obedecer-lhe o ímpeto de desgoverno não dá, alguns sucumbem como uvas caindo do cacho, ou grãos de café passivos que se deixam pegar nas mãos. Obedecer não é semente humana. Levar-se pela mão da gente não é a tendência da vida. E esse lutar incessante, que queima as retinas de quem assiste, que embrasa a pele de quem monta, que quebra as pernas do bicho, que acaba retorcendo as nossas vértebras, tem o sabor de chumbo. E é um tal adoecer-se no lombo da vida. E é um tal quebrar-se toda vez. E é um tal remendar-se como dá, que a gente, no fim de tudo se apercebe sendo uma colcha. Os retalhos que se amontoam no canto do quarto de costurar, à espera de remendo. Uma mão que venha e, delicada, costure as partes, unindo os pedacinhos numa inteireza de novo. A mão não comunica a comunhão. Se aos retalhos jogados, descartes, é dado recolherem-se em comunidade, à gente é dado amontoar-se em coletivo de si mesmo? Vivo como se eu mesma fosse uma costura mal-feita, dessas coisas que se faz de um dia pro outro, às pressas e de repente. E já não me lembro — como lembraria? — do primeiro gesto, da tesoura primeira, da primeira vez que me desconstituí e tornei a me remendar, com mãos de criança. Se agora conto, há quem pense, é na necessidade de retalhar-me de novo e reconceber um tecido a partir de remendos velhos, passar uma linha nova na agulha; traduzir memórias em narração. Faço, me ajude; organizo. E quem sou: organizada? Como se uma continuidade me fosse permitida, como se originária e primeira, eu estava colada em mim mesma, estabelecida e pronta. Como se tivesse sido, em tempo remoto e imemorial, um vaso de cerâmica secado ao sol: recentemente nomeada, com motivos delicados no lugar de um rosto. E então veio a queda. E então veio o que se partiu. Sinto, às vezes, que já não é possível recuperar a antiga aparência de um vaso inteiro, que, caso recolado, mesmo zelosamente, seria a cola, a liga e não mais os pedaços. Assim, de muitos anos antecipada, sei que sou mesmo o desejo da unidade, não a unidade perfeita. Não sei me parecer comigo mesma. Aprenda. Ter um rosto de meu, tenho? É esse o meu rosto? Diga! É esse o meu rosto? Sou o correr do rio, mas não a água. E o leito apenas permanece como uma ilusão, como o assoalho da vida. E a vida estremece com a chegada de cada um de nós. Digo, em contrário, digo muita bobagem, que a você possa parecer despropositada. E haveria de ter propósito na nossa prosa? Que rumo? Num, num. Sei, sei. Nem, nem. A vida só pode desdizer a mim mesma. Desconfigurar meu rosto, ao ritmo das plantas, para que, um dia, eu me pegasse de surpresa, não em frente do espelho, mas do rio, cuja água revela muitas coisas que estão afundadas nos olhos. E o temor que tomei do espanto por mim mesma, meu rosto, minhas ausências, que sosseguei de perscrutar uma afirmação. Um ser pousado no momento, no aqui. Não tenho formas de explicar o rio, o espelho e o bicho. Vê: sigo destreinada. Carece fisgar, com a força de uma formiga, os peixes que residem afogados n'água. Como respirar em cima do mundo, acima de nossas cabeças? De modo que vivi sempre, meio, sempre, fora de mim mesma. Desconjuntada dos meus ossos e carnes. Até que o ventre esfriou, e me dei conta da passagem do tempo. Do império do tempo. Que o adestrar é inexequível. Que o montar é tolice. Que o acompanhar estrupia a gente.

27

Pelo não, pelo sim, fico a tarde toda pensando. E desse modo, me achou um homem que, descendo pela estrada, avistei: uma sombra, um desconhecido. Mas há, certamente, uma hora em que as sombras são mais reais que as coisas que elas imitam. E ele foi se aproximando, de caminhar lento, vestido com um tipo de bata longa e marrom. Devia ser um frade. Havia no rosto uma negrícia, que jamais vi. Uns olhos de cansaço e minúcia. Havia fé, quem sabe. Um andarilho. O homem do divino que, vindo sabe-se lá de onde, ia abençoar a casa dos outros.

Ofereci café, mas era água o que ele queria.

E, depois de um tempo, refazendo-se da caminhada, que deveria ter sido longa, sentou-se numa pedra, debaixo dessa árvore, onde havia frescor. Perguntou pela mamã.

— Já não vive — respondi.

Ele tirou o chapéu preto que vestia, já meio surrado, com gordura, coçou a cabeça. Decerto que não era tão velho, embora trouxesse não na pele, mas na cor do cabelo sinais de envelhecimento. Os olhos de um amarelo. Olhos que decerto tinham visto o que há para ver neste mundo.

— Você é o quê dela?

— Filha.

— Eu não sabia de você…

Desviei o olhar dele. Exercitei uma voz grave. Só não pude dizer as coisas. E ele queria saber quem eu era, como tinha vivido. E disse que era uma antigo amigo de mamã, que se conheceram de pequenos. Convoquei os idiomas todos para me dizer, e as mil cores com que fui prometida. Mas não. Mas não pude conceber um testemunho. Pomposo. Altivo. Lustroso. Assim era aquele homem que, com palavras de quem tinha estudo de teologia, me dirigia os pensamentos. E passou a dizer:

O som seco que rasga a garganta tateando palavra certa nada pode dizer diante

dessas coisas, que enclausuram tudo a volta, que tonteiam

o mais firme transeunte desse planeta solitário e deprimido feito de pessoas

e de coisas um pouco menos reais que um aperto de mão, uma piscadela, um beijo de esquimó, um pé no brejo.

Essas coisas que de tanto contato perde a visão. Essas coisas, o mundo costumava saber,

que de tão próximas só se enxerga os retalhos: o contrário do pano de bordado. Essas coisas, o passado conserva debaixo

de uma rocha calada. Os ossos não podem dizer qualquer palavra. Os bichos, amantes dessa

terra, não saberiam contar na nossa língua, mas dizem o tempo inteiro, a seu modo, de um modo bem natural. Essas coisas do espírito ancião, que negligenciam o futuro na direção do qual viajamos.

Essas coisas, essas coisas, que inutilmente tentamos recuperar num canto mal habitado de nossa psicologia,

que a gente paga para perder, que tem gente que paga para ter. Essas coisas, sabe, o que se pode dizer,

o que não se pode dizer. E o segredo que vai comendo a carne por dentro, que vai satisfazendo a dor,

que vai sangrando a gente feito galinha cuja cabeça foi decepada pelas mãos de uma mãe, e a vida

cresce em todos os lados, engordura o chão que a gente pisa, e, depois, tudo vai minguando feito a cara da lua.

Eu, esta partícula morfológica, que esconde tudo o que poderia vir a ser,

que seja, que fui, que fiz, que fizeram de mim? deixo cair de lado o riso e o filósofo, nada mais

de existências; vivo.

Não me dê a mão, não me dê, me dê seus olhos, não! me dê seu modo de ver, que de disperso

a mim passe a mirar. Eu, essa partícula, fui só mesmo minúsculo. Cavei e pude cavar um açude de ausência no chão da tua vida. E mesmo que não soubesse que eu

vivia, e que tinha um pai, também ignorei o fato de ter tido uma filha. Não peço por clemência

que os meus discursos, vazias elucubrações, ficaram reservadas ao púlpito, e diante de você

só me caberia a prostração, o kyrie-eleison, a penitência, o jejum, pois a saciedade de mim

jamais será doada. Diante de você só de joelhos dobrados, resignado sob o signo da vergonha masculina.

Diante de ti só cabe o meu *De produndis*, e dizer das coisas que deveria saber, e não sabe.

Que o ofício do pai era ensinar o latido dos monges, as recitações infindáveis,

a canseira de caminhar sobre brasas. Eu, o pai, sob este nome tão pequeno, feito a pedra de Davi,

matei mil Golias da presença. E olhe, minha filha, se eu não sou, também, a sombra que não descansa

do tédio, do medo, do fogo? E recusar-me seria o mais aproveitado dos castigos, que eu

não mereça que me olhe, que eu não mereça que me abrace, agora, e nem nunca, apesar do sangue que te põe de pé. Eu e meu pecado não deveriam te assombrar a casa, os passos, a vida.

E com que direito constituí um vácuo nas suas manhãs? E com que direito me levei para bem longe de você?

As decisões que tomei, as esquinas que dobrei, foram em vão e o tormento que persegui a vida inteira. As noites

serão povoadas por risinhos de criança, por choro de criança, por beijo de criança: a menina que não carreguei.

Se te abandonei, foi de não saber-lhe a aproximação

do pecado que resumia, em mim, uma chaga. Trago comigo, sem descanso no rosto,

as olheiras de um purgatório em vida. E sei bem que não bastaria uma vida de cem anos de penitências

para refazer o caminho das más escolhas. E que, depois de tantos anos, caquético, envergonhado,

não como os bichos, mas como uma criança arteira, peço acolhimento debaixo do seu teto.

Meus crimes não te nomearam. E a igreja que tanto blasfemei regurgitou-me pela boca dos fundos. Covarde, andei até estas paragens, perseguindo a memória do rosto da sua mãe,

que conheci numa fonte de água limpa quando, morando a algumas léguas daqui

lá a surpreendi, sozinha, eu que ia com minha espingarda treinar tiros
no mato.

E ela, depois, me chamou de meia noite e a ela chamei meio dia.
Nos encontrávamos ali, nos poucos dias que restavam.

Buscava uma vida diferente. Queria estudar. Estava nos dias de preparo para ir ao seminário quando a conheci.

E foi só por acaso que não pude atirar em nada. Foi por acaso que a encontrei.

Buscava as coisas do alto, quando nos juntamos, chamados pela carne, ali mesmo, ao lado da bica d'água.

Uma única vez.

De primeiro, não havia pousada abundante. Quem viajava só fazia em comitiva. Sabe, como se de-boi, mas de-gente. Hórrido comer léguas sozinho. Coisa de homem brabo, mulher com história, lobisomem e todo tipo de assombração. Não havia jeito. Tinha-se que se arranjar de pernoites na casa dos outros — parente de longe; desconhecido em necessidade. Obrigação santa defendida pela igreja. Nas fazendas maiores, havia o quarto do forasteiro. Aquele que trazia história, que vinha arranjar casamento, que negociava mantimento, que visitava apenas. Nos ranchos, não se negava a palha de um colchão sobrando. Ou, nos tempos de casa cheia, no meio da vida dos pais, um espaço no celeiro, ou paiol. A visitação era prática de lei. Tudo era maior e mais distante. Pense: só se alcançava novidades léguas e léguas para frente. Quem circulava com a pessoa era a notícia: de boca em boca, quartos de visita e todo o resto. Era dever: criar os filhos juntos. Outro tempo: saber da vida alheia era uma virtude.

Confiar é antigo. Vê se pode: não anunciar o ruim do outro. Manejar formas de dar as mãos no escuro. Feiíssimo. Traí o que havia aprendido. Não ofereci pouso àquele homem, que despedi sem nem saber o nome.

— Dê meia volta — disse.

Ele permaneceu sentado, com as mãos nos olhos. Ficou repetindo que não sabia, que não sabia de mim, nem de mamã. Como aquele homem não existisse para mim, ameacei-o. Não fosse embora, o mataria. Detinha menos idade, mais força. Em sendo mulher sozinha, que não vivia desprevenida. O surgimento dele, em minha frente, deu a mim o buraco que eu sequer sentira haver. Ele todinho era um dedo apontado para o vazio que como um umbigo que se rasga aos poucos ia surgindo em mim. Ele apontava uma entranha que eu não desconfiava ter. Um órgão hibernando. Furiosa. Fiquei encenando o que é bruto. Ele encenando o que é medíocre. Como ele não se movesse, corri para dentro do paiol, onde guardava uma foice. E, à maneira da morte, apontei na porta com ela em punho. O homem me olhou como um cão. Levantou-se e tornou a recuperar os passos que tinha dado na minha direção. Fez um gesto de quem abençoa, com as mãos. E nunca mais soube dele.

28

Fiquei quatro dias sem voz. O suor escorria com insistência do rosto. Eu era uma garoa. E e era uma montanha de onde brotam rios. E então a lágrima. Eu escorria pra debaixo da cama. Fiquei muitos dias pensando, enquanto a casa se degradava conforme meu corpo se recompunha. Não sei te explicar como. Mas a carne, contrariando a deixa de apodrecer, essa desculpa final, foi-se pondo mais enrijecida e capaz de me pôr de pé de novo. Raquítica. Pele-ossos. Os olhos como dois botões de vidro pregados numa boneca de porcelana. Isto que vi no espelho de mão, que estava, há muito desconhecido. Encontrei um rosto cansado e órfão. Acalcanhada. O que era a vida se fazendo de mim em mim? Não sei como sobrevivia, mas sim. Não sei. O pensamento me pôs ereta. Suei todo aquele silêncio. Ele que se sobrepunha que nem uma tampa de panela. Estava dentro da penumbra da casa, me escorava nas paredes, pelos cantos, onde antes habitavam plantas verdes e vivas. Não sei como. Vivia. Comia o que não sabia. Toda casa é um candelabro. Mas a casa era pardacenta. Sei que as pessoas imaginam as ideias como lâmpadas, mas há muito tempo que as derrubei no chão, e caminhei por cima delas. Mal me guiava pela casa morena. Só depois compreendi: é preciso se desfazer para fazer; é preciso evacuar para ingerir. E então comecei pensando coisas grandes, coisas de outro continente. O sol. A lua. O universo. Eu era feita de distância. Onde mora o eu de mim mesma? Fiquei presa pelo cabresto do pensamento grande, vigoroso, longínquo. Pensei em Deus enquanto roía as unhas. E dava no mesmo. Deus era o roer. Depois mudava, deus era o escuro, deus era o silêncio, deus era um fungo, uma bactéria — deus era depois de amanhã. A casa era devorada por si mesma. Ficava esmorecida. Aquilo não poderia ser deus. E então deus era eu mesma. E me desesperei. Dei a primeira demonstração de estar viva. Dei um grito para o qual nunca julguei estar preparada, mas havia cozinhado em mim tanta palavra! tanta palavra que não chegava para um berro. Grunhidos. Então pensei estar morta, que morrer era estar escondida entre paredes e portas e janelas. Estava no meio das coisas. Mesmo os meus mortos estariam ali, incomunicáveis. Lembrei e tremi sobre o purgatório. Umbrais. Eu: aquela que se confundia com a noite.

E eu? Sopeada. Fiquei dias desilustrada. Assim: com o pensamento na penumbra. Deixei de abrir as janelas de madeira. E enfim, ao cabo de um tempo, de me pôr em pé. Lembro bem: todos diziam, os antigos, os mais recentes, é preciso arejar a casa, é preciso circular o vento. Por que então se faz uma barreira para o vento? Pois então se abre bocas para acolher as rajadas de areia e folhas para dentro de casa. E outras para se fechar. Trancamento. Pois me fechei numa casa escura, encharcada com a escuridão do meu pensamento. Uma casa onde caminha-se sobre pés incertos, esbarrando em alguma coisa já imemorial: uma cômoda, uma vassoura. Uma casa toda alegoria. Uma casa onde não se pode contemplar um palmo a frente, nem o próprio rosto amassado. Lugar onde a piedade está a um palmo de distância, sem nunca poder vê-lo. Numa casa reconfigurada pela noite. Casulo. Mas enquanto eu pensava que não pensava, que me comprimia em desleixo e quietude, alguma coisa crescia desavisada. E certas coisas têm por natureza e ambiguidade serem esquecidas em sua gênese. Aquilo que nasce debaixo da sola dos pés, ou que nasce para ser pisoteada. Aquilo que nasce para depois espetar os dedos. E assim, por muitos dias, caminhei sobre um chão repleto de cacos. Uma casa onde o pensamento se espatifou no assoalho. Jururu. Uma casa sem ideias, combates, conversas. Em que a fome é rarefeita como o ar no alto das montanhas. Uma casa em que as plantas domésticas, trazidas ao abrigo do sol, cozinham sob o teto acalorado, e murcham e morrem nos cantos. Um chão repleto de moscas e pedras e ciscos e cacos e palavras e sóis e pensamentos moídos. Me fiz sentinela do medo. Fiz de mim um guarda-vigia daquilo que não podia compreender. Aquilo que era, de vez em quando, um susto; quando me apercebia do meu corpo mutilado, entre aspas, sobre a cama. A casa pensava por mim.

Entrevalas, meu deus! Era interessada em paisagens, mas não aquelas de indubitável beleza, mas naquelas em que o decadente se deixa entrever. Não confunda-o com a decomposição das coisas, me é interessante pensar na destruição da unidade. O que se mantém unido a si mesmo, numa espécie de identidade, repetição. Não. O que se descompõe: um prédio que se deixa perceber como junção de tijolos, massa e ferro. As janelas que luzem a casa. As portas. Os azulejos. Miudezas desse tipo e até mesmo o que se torna escombro. Por que não é assim que o movimento, em nós, opera? Nos faz ser menos e menos unidade. Vamos ao encontro, e com certa explosividade, do que é desintegrar-se. O meu interesse reside na possibilidade, ainda que remota, de permanência. O que sobrevive à destruição? Não falo em alma. É dificílimo. Incompreensível. É preciso inventar um caminhão de palavras para substituí-la. Transcrever a alma é matá-la no seu seio mais íntimo. Não a instigo, de modo algum. Prefiro desdizê-la. Mas e quanto a chance de escabelar-se diante do nada? Não falo em mergulhos, nem em infernos. Coisas abatidas. Estou em busca do tato, até poder encostar em alguma coisa menos densa do que a carne. Vapores, talvez. Como tocar o que não tem corpo? Uma experiência: quando passamos muitos dias, sonolentos, sem tocarmos a nós mesmos, que torpor que resiste a isso? Fica-se com a cabeça dentro de uma névoa grossa. A mim me vieram, a consciência e o corpo, não com uma dor qualquer, mas assim de repente, enquanto desviei o olhar microscópico do chão, quando, sonâmbula, despertei para mim mesmo ao não enxergar-me no horizonte que se tornava rosa, não com o fim do dia, nem do ano, mas confundindo-se com o fim da vida. O limiar da morte me deu a vida. Fiquei assim algum tempo, agora, me parecem ter sidos milênios ali, em pé, sem saber o que fazer com as mãos, elas que perdiam o controle do que quer que seja, eu tinha uma mão! eu tinha e não-mais sabia se o que era eu eram as garras doadas pelo corpo, se tinha corpo ou não, ao olhar para o que estava longe demais de mim, a mim me fiz; sem saber o que derrubar, além de mamã. Nem lágrima não. Fiquei ali tempo suficiente para saber que estava morrendo, e sentia em cada célula o movimento, esse borbulhar entre a vida e a morte. O rosa do céu, a minha cor sépia, as árvores insones, chacoalhando conforme podiam, sendo penteadas pela brisa da tarde. O dia findava. Eu também; como quando nos damos conta que estamos respirando. Foi ali que se iniciou um exílio duríssimo em busca das coisas que só se podiam ganhar, vivê-las, fora do corpo, mas sempre sendo um corpo habitado por aquele horizonte. Naquela cidade roseada, admitia-me como um corpo em contraposto a esse rosa do céu, tão longe quanto ilusório, pura refração luzidia. Ando com pés que não são meus, estas mãos coordenadas pelo mundo, os olhos a buscar o que quer que seja, desde aquele dia. Então que me pus a fugir do que estava além de mim. E corri para a casa, ao lado de mamã, na direção oposta, mas sempre observada por aquele pôr do sol infernal. Ele denunciava o fim de todas as coisas. Que eu pudesse morrer e morria não era grave. Ao alcançar a porta de casa, ofegante talvez porque sabia do oxigênio que escapava ou virava outra coisa dentro de mim, ou pela súbita realização do corpo, olhava mamã, viva, respirando, dona de um corpo e, também ela, morrendo como eu. E morri ao pé das necessidades alheias. Ela não deveria morrer. Sempre tinha existido. Ela teve um começo, ao qual eu não estivera presente. E então foi mais doloroso ter nascido. E então eram mais difíceis as coisas que começavam porque terminar era óbvio. Ao retornar, com mesmo espanto, ao terreno onde comecei a ter ciência de mim mesmo, do meu contorno carnal, ao me colocar na mesma cena, o céu era outro, a dor era outra, que eu desconhecia, mas supunha saber; o céu era escuro, como o lugar de onde eu tinha vindo. Confundi-me, mais uma vez, com as coisas externas. Confuso foi adormecer aquela noite em que o perigo da densa névoa na cabeça, o entrar para o reino de não saber-se de si mesmo, foi terrível e ansioso. O que: contentar-se com a chance de delírios ao longo da noite, segundos, imagens, talvez uma vida vivida dentro do travesseiro. Eu era eu e dormia. Eu era eu e queria permitir-me a mim mesma desaparecer em cima da cama.

29

Com a morte de mamã, ficaram inúteis todas as coisas. Eu entre elas. Ela que foi enterrada na minha infância, não teve, para mim, outro nome senão o nome que os bebês chamam por suas mães: mamã. Esse momento era a soma de uma porção que põe tudo abaixo. O que se conhece por excesso. O que se conhece por gota — o que fez de mim uma negação da lágrima, embora tivesse um gosto todo meu de sal. Chorei a seco porque o desespero, em mim, era como o advento de um estio. Nunca tinha sido aquela em cujos braços morria alguém. Antes que o dia se apagasse, eu fiquei apagada. Mamã me dizia — nas noites em que eu, ferida de medo, ficava alinhada com ela, sem querer saber o que havia debaixo das pálpebras: "depois da noite, acordar". E depois daqueles dias no alto, daquela cidade dilatada entre túmulos, suor e vento, sobrevivi à lua. Percorri os lapsos de ar. Havia risos contritos. Não retornaremos jamais a essa conversa, como não é possível estar de novo debaixo daquele céu rosáceo, ou naquela noite em que fui interrompida enquanto dizia, a mim mesma, os expurgos de sempre. A honestidade quase me aleijou. Aquela coisa que em meu coração, raivoso, não tinha mais gosto nenhum. O tempo age dessa forma e nos esquece. Como pude esquecer das horas? Elas me possuíram. Joguei toalhas na cama, arrastei livros para o canto, desci furiosa pela avenida. Um riacho, uma vez, me atropelou. Alegre ele ia no rumo da alegria. E eu tinha de ficar para trás.

Me dei por vencida antes de vencer a vida. Preste atenção: só se pode vencer ignorando a vitória. Na língua geral que se falava por aqui, antes de eu nascer, os seios de uma mulher era chamado "cáma". Assim deitei a cabeça uma última vez na cáma de mamã. Ela existia antes de eu ter nascido. E antes de eu nascer, houve um estrondo que iluminou os seios dela. E me depositou no seu ventre como o chá que envenenou seu corpo miúdo e cerâmico, e deturpou sua paciência, e tomou sua cabeça de arroubos. Hoje minha cama está desabitada. Desobedeço o que aprendi dela: seus passos já não estão pregados no chão. Fiquei menor do que uma gota de dúvida — porque esparramada, porque impossibilitada de nova reunião. Já não poderia estar prestes. Era. Tinha dado contorno à ideia. Tinha caído da graça que é pensar. Há quem morra duas vezes. Uma senhora acordou no seu velório. Morreu sete dias depois, na mesma casa e cama onde foi velada sem o mesmo esmero da primeira vez. Para isso, deixou arranjado algum detalhe: nada daquela flor de velório, em vez disso, exigiu a rosa branca, difícil de achar nessa época. Como quem morre não tem apetite, nem desejo, não se fizeram cumprir seus novos últimos desejos. Por essa dádiva pedi. Mas mamã morrera uma única vez. Acaso tivesse acordado — ah, não posso lembrar do seu rosto deitado, ligeiramente comprido — eu teria questão de dias para impedi-la de morrer de novo, quem sabe, só muito depois da minha morte. Existia, para mim, três mundos. Primeiro, o de fora; o do outro lado da margem; e o de dentro. O para-lá era uma ponte. Ele explicaria, talvez, as coisas deste. E com ele guardava semelhança auditável: existia mesmo que o ignorássemos; havia nele todo tipo de feiura, mas, também, de beleza; transmutações. Havia no último mundo, o que passei a colonizar tão cedo, um deserto mui grande, o qual não termino nunca de atravessar. Quem sabe, amigo, haverá nele a reunião de todos juntos, no final. O mundo-de-lá e o de-dentro guardam semelhança — ou sonho de ser —, uma forma de coabitação de tudo ao mesmo tempo. É neste, querido, que ainda existe um tempo em que estamos unidos, conformes e bem; à salvo da deterioração permanente das coisas. Com a sua morte, morrera um mundo inteiro com ela. E o amor era, então, palavra escrita em um livro que não voltaria a ler. O amor é muito longe. Mãmã, minha procela, meu fim, o suor foi contigo nas tardes de labor. Maldita mãe de ninguém. Maldito o fruto do seu descuido. Adeus, mãe do mundo, minha mãmã. Sua mão escreveu meu nome e se esqueceu dele numa gaveta? Tenha em mim não os olhos ou o beijo ou a face, mas o resquício da dúvida. Ou nem mesmo isso, mãmã.

30

Sem esperança, eu assistia ao desfile das estrelas cadentes. Elas não iam para onde eu ia. De onde vim era o destino delas? Me encaminhei para onde elas nascem sem amor. E se perdem na bruma. Seria iluminada por outros corpos. Por coisas enormes feitas de pedra e ferro. Erguidas não sei como. Mas por homens que tinham vindo de onde as estrelas aterrissam depois de milhões de anos. Ou seria onde apenas ainda é possível as ver? De celestial apenas a rota até o medo. De felicidades nada sabia.

D. Fiica estava passando um chá de camomila. Eu: sentada na soleira da porta da cozinha, com os olhos inchados.

— Pensei que vinha ontem. Esperei com bolo. Você anda magrinha, magrinha.

Eu me detinha em retirar película do cantos dos dedos.

— Tinha calçado o sapato — eu disse.

Mamã, antes de partir, havia conseguido para mim um par de sapato vermelho. Veja: sapato era coisa cara, ausente, com exceção das alpargatas que toda mulher usava. Era o meu primeiro par. Mas ele, caso de doação, não sei, era alguns números menor que os meus pés, que ficavam com os dedos comprimidos. Mas não vi problema. Quando enxerguei mamã chegar com a sacolinha, me atirei no seu colo. Fiquei radiosa, me sentindo importante — quase inteiramente crescida. Nem ela, nem vovó tinham um par como aquele. Envernizado e tudo. Tinha um saltinho grosso, baixo. Tendo vestido, tive de encolher os dedos. Fui dar um giro. Sapatear. Mas depois de usá-lo o dia inteiro, correndo por onde não tivesse lama, dando saltinhos sobre as pedras para escutar o poc-poc, percebi um desconforto grande.

— Tem que tirar para lavar os pés. Como que dorme com o pé sujo? — me instigou minha mãe.

— Mas, mamã, nem sujei meu pé.

Dormi aquela noite com eles. No outro dia, pudemos ver o estrago: os dedos estavam vermelhos, quase da mesma cor do sapatinho. E os pés doíam muito. Fiquei sem poder cumprir, direito, com os meus afazeres. O que, com certeza, chateou vó Giza, que nem se deu o trabalho de olhar o sapato. Mas ouvi, mais tarde, ela repreendendo mamã, dizendo que ela me mimava, que eu devia sair-lhes uma boa ordinária, de laço e fita. Sim. Eu bem queria ser ordinária e ter, de meus, ornamentos com que me enfeitar. Tudo o que eu poderia querer de coisas sabidas e adivinhadas do que meninas, mais afortunadas do que, deveria ter: pentes, presilhas, brincos. Para mim, essas coisas eram feitas de palavras que eu vestia, que eu punha em gestos furtivos com a mão. Não. Aquilo não estava bem. E vó Giza, com repasse de mamã, me proibira de vestir os sapatinhos.

A benzedeira ria. Ela sabia que nos poucos dias que tinha permissão de vestir o parzinho de tamanco, eu ficava quase o dia inteiro sentada, para não tornar a ferir os dedos. Ficava inerte, mas enfeitada. Olhando para os pés. Mas agora, sem mamã em casa, vó Giza escondera o sapato em cima do guarda-roupa, onde eu não pudesse alcançar a não ser, é claro, com a juda de um banco ou cadeira. O que eu fazia sempre que ela estava fora de casa.

— Ela saiu. Por isso calcei. Mas agora me dói — reclamei.

D. Fiica sentou perto de mim. Pegou meus pés nas mãos. E avaliou minhas chances. Apertou aqui e ali. Depois esquentou água para escaldar as pernas. Isso foi de grande alívio.

— Não é fácil, né? — disse ela.

Fiquei com a cabeça baixa, sem curiosidade pelos remédios que ela tinha preparado e deixado na mesa em grandes garrafões, o que sempre me causava espanto. Ela ficou de costas. Olhava pela janela em cima do fogão. As galinhas ciscavam.

— Galinha é que é feliz — me disse, com o café na mão.

Eu entendi que às galinhas não sucedia o mesmo que com a gente. Morriam, sim. E nasciam em quantidade. Mas nunca ninguém ouviu uma galinha chorar. Mesmo diante da morte — me lembrava daquelas que fiz morrer — elas se mantêm no ciscar; longa meditação. Iam desapercebidas de si mesmas, como eu, um dia, também fui. Mas aonde? Estava percorrendo uma casa em silêncio, infinitamente esvaziada. Uma casa sem jardim. Um reino sem reinante. Tiranias da vó Giza. Ela permanecia vagando pela casa, pelo terreiro, buscando, ela mesma, o seu ciscar. Éramos dois animais sozinhos — espécies diferentes, sem fala em comum. Ela não falava comigo. E isso era bom. A situação, entretanto, era uma berlinda. Eu caminhava, em silêncio, com o meu peso, em cima de uma ponte alta e esteira. Evitava sempre voltar cedo demais para o mundo. Ficava na cama, sob o tendéu das panelas, que comunicavam insatisfação. Eu tinha de dormir com a lembrança de mamã, em sua cama. Levantava e ia para atrás da porta. Espiava quando vovó saísse da cozinha. Rápida, larapiamente, eu procurava o que comer. E encontrava cada vez menos. Arroz branco. Feijão roxo. Uma salada. E comia com as mãos, pegando nas panelas. Eu não estava mais em casa. E agia como se fosse funcionária: caçando o que fazer, tudo em adivinhação, sem nunca poder perguntar a ela o que eu deveria fazer. O que eu deveria fazer?

— Ó, é melhor você... — d. Fiica interrompeu meu silêncio — ir embora.

Cada vez mais, naqueles dias eu fitava o horizonte. Cria que depois dele haveria alguma coisa para mim. A benzedeira me disse que tinha uma conhecida, que vinha buscar curas e garrafadas, mulher boa toda vida, que tinha um filho, na capital, em busca de uma babá, de uma faz-tudo. Menina nova — não fazia importância. Desde que fosse esperta e soubesse, em tudo, obedecer e fazer as tarefas da casa. Foi como acender uma vela, um lampião. Exato. Era chegado o tempo de sair. De ir a outra parte. Ser outra em outro lugar. Não havia muita coisa, numa casa, que eu não soubesse fazer, muito embora não com a destreza necessária para um ganha-pão. Aceitei. Lá, conforme disse a velha, eu teria estudo e acolhimento. A patroa era professora.

Tudo acertado para que eu esperasse alguns dias. Cármen, a mãe do seu Ruy com ipsilon iria me buscar, em casa de d. Fiica. Eu aguardaria lá da noite para o dia, tendo que dormir com ela, sob a vigília dos santos. E pude notar que, à noite, aquela mulher era comum e serena. Não praticava magia, de modo algum. Apenas rezava o Angelus às seis horas da tarde — nada mais. Um costume que vó Giza não detinha. Arrumei um bornal com meus vestidos costurados por mamã, minhas relíquias e herança, e o sapato vermelho que já não poderia usar, conforme meus pés crescessem. Esperei até o momento de ir para o sítio da curandeira para, enfim, dizer alguma coisa. Ela notara? Duvideodó. Como não reparasse em mim, jamais perceberia meus sinais. O meu caminhar, ligeiramente modificado, a respiração afoita.

— Vou embora — disse à vovó que arrumava as vasilhas.

Foi então que ela parou e se virou para mim. Em silêncio.

Olhei, de frente, o rosto de vovó como se olhar fosse ser uma mulher. Gozado. Quando paro para pensar nela, não me lembro dos olhos. Reconstituo — pela força de imagem — o cabelo, o coque bem preso, até mesmo a presilha cor de âmbar. As manchinhas nas mãos, formando constelações. As varizes que entrevia, quando, por alguma razão ela erguia a saia, no mato ou durante uma tarefa. Até mesmo o cabelo grisalho, que ela lavava, piamente, todos os dias na hora de cristo. O único momento em que se podia vê-la, assim, espantada, com o chumaço de cabelo representado em longos cipós. Mas era breve a secagem. É verdade que, durante a quaresma — e no inverno, tempos de chuva

— não realizava o ritual todos os dias. Durante a tentação do deserto: não nas quartas e sextas; nem nos domingos. Reiterava-se em oleosidade e um dedo — até mesmo o dedo reconstituído — coçando a cabeça. Mas não os olhos. Porque é como se vó Giza nunca tivesse olhado para mim. Ela devia me ver de soslaio. É certo que me espreitava. Tinha desconfianças. Me pegava no pulo, assim como eu a surpreendia em comentários e deslizes. Mas não. Nem do canto dos olhos dela me lembro. Hoje quando tento reconstituir a cor, o formato, a expressão, não componho — como era de se esperar de uma neta — uma fotografia, daquelas em preto e branco ou sépia, mas um quadro inexpressivo, em que faltam os olhos, as sobrancelhas, o cenho da face. A boca era miúda, de poucos dentes, embora, pelo que me enjeito de lembrar, nela, quase não tenha vislumbrado um sorriso. Quem sabe um ameaço, uma vez. Mas bem que podia ser ela entortando a boca para tirar um fiapo de comida presa nos dentes. Foi quando eu, pequena, com o prato de lata enlouçada, com pitombas nele, segurando uma colher, quando comíamos ao pé da porta, em dias quentes, nas pausas do serviço externo, presenciamos uma bacia cair de cima da cadeira. Acocoradas. E ela quase riu de uma bacia virando sozinha. Ela só poderia rir de uma troça do vento; jamais de uma pessoa. Olhei para o meio riso e ia já subir para os olhos, mas eles — me lembrei — a qualquer momento poderiam me fitar como agora fazia. Como se me encontrassem para um enfrentamento. E isso me revelaria como uma pessoa inteira. Uma mulher. Igual a ela. E isso eu não podia ser. E era como se ela própria não fosse, de fato, uma mulher. Mas uma outra coisa. E isso nos difere e aproxima ainda hoje. Éramos, nós duas, alteridades. Alheias, nós duas. Nós duas, sem rosto. E com um passado a ser descoberto. Portentos. Visagens. E o que ela olhava eram as tarefas. Não as miudezas iguais a mim. Pequena e sem reparo. Era uma tarefa para mim olhá-la. Da minha parte, fiz tudo o que pude? Covarde. Fiquei afeita ao pódio dos olhos ausentes. Apenas.

Cármen veio de automóvel me buscar no sítio. Raramente tinha visto um. No geral, no comum, as pessoas andam a cavalo, a pé, ou em carroças — que alguns chamam de charrete. O carro nos levou até a estação, onde embarcamos. Ela me perguntou se eu estava animada, curiosa, com medo. Não era capaz de reconstituir nenhum sentimento, recolhê-lo sob o teto de uma descrição. Uma vez no ônibus, acompanhada de Cármen, vestida com um colete branco de botões dourados, olhava o céu que parecia cada vez menor. E as estrelas que iam para o outro lado do mundo. E a lua que era um caco de louça no céu.

31

Conta, menina, a história da fúria dessa mulher — me perguntou a nora de d. Cármen.

Alta e grandona, com cara de secretária de departamento, mas era professora — Não de criança, de jovem adulto —, como ela sempre me lembrava. Gozado. Sempre achei que professora fosse alguém que acompanha criança. Coisa de atendimento mesmo. Não. Me olhava por cima dos óculos de aro fininho. Expressão de quem ouve uma longa reclamação. Ela sabia. Devia saber. A forma com que saí da minha cidade e fui parar nas mãos dela; mãos de ensinar. Mas eu não sabia o que contar.

— A braveza dela era a de... era a de um bordado ruim.

Não sabia contar o que se passara. Não entendia a minha própria fúria. Esse azedume que eu trazia comigo.

O apartamento não era muito grande. Fiquei encabulada com a quantidade de escadas. Não me atrevi a entrar no ascensor, que ela estava afeita. Me refugiei no chão, agarrei a saia dela que, impaciente, me disse que, mais dia, menos dia, eu precisaria aprender a aceitar as coisas como elas são. Os elevadores são fatos consumados. Mas deteve-se a me permitir ir de escada até o seu andar. A cada passo, eu pensava que iria desmoronar, eu e o edifício. Eu que, bamba das pernas, insisti em subir daquele modo. Imaginava estar indo pela caverna de uma montanha — a minha ascese.

Pela primeira vez eu teria um quarto só meu. Ficava atrás da cozinha, passando pela área de serviço. Tinha uma cama de madeira, uma cômoda e até mesmo um abajur. Reparei que, na sala, havia uma televisão e livros por toda a parte. Assustada, contudo, passei a imaginar as coisas que aqueles livros guardavam. Coisas que eu poderia descobrir. Já era noite. Não quis jantar. Eu não saberia comer com eles, em mesa posta. Ficaram d. Cármen, d. Beatriz e seu Ruy, com ípsilon, comendo na sala. Sentei na cama, com o bornal no colo. Vesti o sapato vermelho e fui dormir. Só no outro dia percebi que dormira assim mesmo, com a roupa de viagem, o sapato oprimindo os pés e a sensação de ter ido a outro lugar do meu corpo. Fiquei acabrunhada ao me lembrar do trajeto e me ver ali: aquela claridade, o barulho de automóveis lá embaixo. Fui até a janela e vi pessoas que pareciam formigas caminhando — umas para cima, outras para baixo. Tive um ameaço de vertigem. Me abaixei, a fim de por as mãos no chão. E me deu enjoo imaginar que o que eu tinha como piso era o teto de outra pessoa; fiquei com a ideia de estar morta. Eu era uma fantasma, que habita as fendas de uma parede, que mora no teto das casas forradas.

Cármen tinha partido no primeiro ônibus de volta ao interior, naquela manhã; despedidas não eram necessárias. O apartamento estava vazio. E eu não sabia, ao certo, o que esperavam de mim — a casa parecia limpa. O estômago roncava, mas eu não me atrevi a abrir o refrigerador. Fazia um barulho como os carros da rua. Achei bananas e maçãs numa fruteira, do lado da mesa para duas cadeiras que havia na cozinha, algumas vezes menor do que a que deixei no sítio. Comi. Fiquei sentada na cozinha, observando a luz do dia desvanecer. Parecia ter passado séculos, quando ouvi um barulho na porta se abrindo. D. Beatriz entrou, sorridente, com sacolas de plástico na mão, e uma bolsa com cadernos. Agora eu pude ver, estava gorda porque estava grávida. Vestia um tipo de paletó branco fininho, com dois bolsos na frente. Na mão tinha pó de giz. Ela, de fato, era uma mulher que sabia de coisas. Me lembrei de d. Fiica, de vó Giza, de mamã, que se soubesse de coisas, não eram nada comparáveis. Coisas que não tinham valor naquela cidade, em que mal se viam pés de árvores na rua de cimento.

Depois que me deu alguma coisa para comer, me explicou como ligava o televisor. Explicou o pouco serviço que eu deveria fazer em casa. E da atribuição primeira: cuidar do menino que estava para vir. Me levou a um quarto todo decorado. Havia um berço de guardas altas, de madeira. Em cima tinha uma luminária com bichos que eu nunca tinha visto: castor, esquilo, tartaruga. A parede forrada por um papel de parede listrado amarelo. Cortinas brancas. Um guarda-roupa com lencinhos e produtos.

— Gostou? — ela disse — Quando ele, ou ela, nascer, a gente coloca a sua cama aqui no quarto, para vigiar o sono dele — riu — ou dela.

— Bastante! Não sabe se é menino ou menina?

— Não há como saber. Por isso fiz tudo em amarelo.

Na minha terra, as mulheres que não sabiam ler nem escrever, sempre sabiam o que a criança seria, para isso existiam toda sorte de exame e simpatia. Primeiro, bota-se reparo no formato da barriga. Depois, havia outros modos, através de revelação em sonho, de arranjos e feitiços. Fui até ela que, sem entender, me permitiu tocar a barriga. Pedi que levantasse a blusa. Ela sorriu, mas como estava curiosa, ergueu. A barriga era pontuda e firme.

— Um menino — eu disse.

Ela abaixou a blusa e acariciou a barriga.

— Será? Tomara. Se você estiver certa, vai ganhar um presente.

E me disse que ela me ensinaria as letras, as sílabas, as palavras, em casa mesmo. E que, quando eu soubesse ler, me emprestaria todos os livros que eu quisesse; que eu não me preocupasse com comida, que ela traria da rua — prato feito do restaurante, marmita —, nos dias de maior cansaço, ou cozinharia ela mesma. Recomendou que eu não chateasse seu marido, homem ocupado e sério em seu terno de gerente de banco.

32

Em algumas semanas, em que fui apresentada à nova vida, nasceu um menino para o seu Ruy e d. Beatriz — Otávio. No começo, eu varria o chão, como já havia feito. Passava pano, mas com perfume. Arrumava as camas, trocava os lençóis, lavava uns lencinhos que encontrava debaixo do travesseiro da patroa — de certo usado para assoar o nariz. As cuecas e calçolas deviam ser passadas à ferro. Não demorei a tomar abuso com o refrigerador e com a televisão e com o ferro elétrico. Me acostumei a ser elevada, em vez de subir pelas escadas, embora sentisse que minhas pernas já não dariam conta de correr distâncias, como antes. Cuidei de Otávio, tão logo Beatriz retornou ao ofício de professora. Ele, de muitas formas, foi uma distração bem vinda. Uma boneca. Passava os dias trocando de roupa, dando leite na mamadeira de vidro. Fórmula. Depois, vendo que eu não me acostumava com comida comprada, de jeito nenhum, passei a enfrentar o fogão a gás. Foi assim que ganhei, também, a tarefa de cozinhar todos os dias. Passava o café, fervia o leite. E esperava, agora com um uniforme bem costurado, os donos da casa acordarem. Fui dormir no quarto do menino, mas sentia falta do meu cubículo — como eles, carinhosamente, chamavam meu quarto com janela e tudo. De presente, pelo nascimento e acerto, ganhei um estojo com lápis de cor e grafite, borracha e até mesmo uma caneta esferográfica que, por deus, a tinta não acabava nunca.

Me afeiçoei ao menino. Ele não me dava trabalho nenhum. Acordava apenas uma vez à noite para mamar. Calmo de tudo, sem afetação de choro. Cuidar dele, por um tempo, era como pensar com as mãos. Em ocupadas, o meu passado ia ficando uma miragem distante. Salário de meu eu não tinha — não era necessário, como dizia a dona da casa. O que eu iria fazer com dinheiro? Mas ela me comprava roupas. E até me deu, no aniversário de dois anos do Otávio, um par de sapato vermelho. O caso é que, tendo d. Beatriz jogado o meu antigo, o que mamã me havia dado, fora, ao fazer uma faxina no apartamento, chorei muito. É certo que ele não me servia mais, há muito tempo. E eu o usava quando, por alguma razão, os três e eu, sempre atrás — não raro com Otávio no colo — íamos a algum lugar. O pior momento era quando o bebê dormia sua soneca da tarde e eu ficava repleta com o rosto de mamã, que principiava esquecer dos detalhes: a boca, os olhos, o cabelo penteado, repartido no meio. Quando a casa crescia em suas dimensões. Quando a buzinação dos carros, metros e metros lá embaixo, se fazia escutar dentro de mim, como se eu estivesse debaixo de um campanário. Ou como se tocassem vários órgãos ao mesmo tempo. O simples é complicado de ser simples. E eu havia me tornado simples, limpa e paciente. Calculava em pensamento, dobrando roupa, ou sentada na janela da cozinha, de onde podia ver-se melhor a rua lá embaixo. Ainda não sei pensar com palavra; só com as mãos. Vou modelando feito barro-argila. Pensar é afastar-se do mundo. É traçar uma cerca entre uma coisa e outra. O pior era quando seu Ruy com ípsilon estava de folga em casa e, carrancudo, sem me dirigir a palavra, ficava me olhando. E não era o modo como mamã tinha de olhar as pessoas. E eu me sentia nua.

Tarde. A essa hora do dia, não ficava valendo nada. Sento numa cadeira e me deixo ficar como se eu fosse um vaso depositário, um objeto deixado no assento, para que vigiasse o céu minar-se devagarinho. Aí ficava convertida num óculos, numa observação do mundo. Não havia silêncio total. Havia o tumulto primeiro dos insetos, uma forma de iniciar o universo. Sempre fico entristecida depois de uma longa conversa. Ficarei esbaforida depois do sol se pôr, e você tiver ido daqui para outro canto, ouvir outra história. E quem sabe, até mesmo repetir o que eu disse, mas com a misericórdia aprendida dos profetas e santos. Não a minha que não te alcançou. Repetir os ouvidos atentos. Repetir a minha dúvida perene. Acompanhava o desenho que os aviões traçam no céu e mesmo o sol, então mil léguas distante de mim, sempre se escondendo atrás de um prédio ou de outro, observava ir deitar-se, lá de cima.

O meu coração não é longo, mas três. Ele se debate. Se posiciona ao largo do que conheço por sentimento. Já foi de tropeçar. Agora se ajeita; uma acentuada borrifação de lendas, nódoas, trepidações. Atado e só como o nó de ratos. Patológico — palavra detestável. Diz que é possível. Não sei. Mas arcar com o peso das costas. Meu coração se moveu. Assim como as guerras, ao levarem a teia de homens para outro lugar. Meu coração não é longo como uma ponte. Pontiagudo como uma dança. Ele é menor. E nele cabem poucas coisas.

Talvez uma samambaia que vi ainda no mato. Talvez um tonel de aguardente. Talvez o talvez. Não há casa para o coração. Ele sendo um desses que caminham indefinidamente. O meu coração é breve como uma manhã. Bem-posto quando quer, embrutecido sim; até mesmo gentil quando pode. Sou simples como uma maçã. Meus temores estão preservados. Minhas sombras da tarde. Meus cachos. Minha preocupação. Salto com ele; bicho bravo de se montar. Tem crinas longuíssimas o meu coração. Domar não se cogita. Penso muito em matemáticas, em anos. Jogo as mãos em direção ao passado. Para onde apontam os dedos? Para a direção de casa, caminhem os pés. E as mágoas. E toda água que, de volta a mim, se movimenta. Sinto fora do sentir. Alheia. Sem laços. Demora o explicado. Por mais que não se deva, tento. Lateja um explicado do coração. Que é o mesmo que explicar uma maçã. Palavra nenhuma chega para retroceder o significado escorrido das coisas. Volta-se para a boca, não se acha nada mais do que sede. Onde nasce o onde. Minhas dúvidas, minhas indecisões, meu desamparo.

Nos últimos tempos, tendo já ocorrido a menarca, depois de um sonho esquisitíssimo, me inteirei de que sou uma pessoa que sangra, mas não morre. No sonho, vi de novo vó Giza, desgrenhada, sem olhos, sem rosto, com um cutelo nas mãos. Ela me abriu um talho na barriga. Acordei suada, com as mãos no ventre. Vi, então, a sombra de um homem parado na porta do quarto. Fechei os olhos diante da visagem. Outras noites, deitada de costas, pressentia, acordando sem aviso, a sombra ali me observando. E, numa noite em que fiquei munida de atrevimento, vi a sombra sair, não ao modo de uma assombração, mas de um homem que caminha com pés humanos. E pude jurar que se tratava de seu Ruy. Decerto que ia ver se o menino dormia bem. O menino que acordava, sem choro, apenas uma vez à noite. Senti a umidade entre as coxas. D. Beatriz tinha me informado, por alto, o que aconteceria comigo. Não é estranho que ela soubesse tanto assim do meu corpo? Mas. Fiquei dias me secando e lavando, sem dizer a ela. Peguei de empréstimo uns lencinhos que ela usava para suar o nariz, à noite, que ela, por vergonha ou recato, escondia embaixo do travesseiro. Ela me descobriu no ato quando, estando trancada no banheiro da lavanderia, o menino começou a chorar. Ela veio atrás de mim. Bateu na porta. Não tive forças para negar a verdade. Ela me abraçou, receosa, disse que eu não me preocupasse, que havia me tornado mulher antes daquilo, que era responsável e bem comportada — um prodígio. Eu já havia aprendido o alfabeto e, com algum custo, as operações básicas — estava crescida e pronta. Para quê? Eu queria perguntar: o que esperava por mim? Mas esse tipo de pergunta nascia como afronta, e eu devia todo o respeito do mundo a ela.

33

Amanhecia como uma celebração da pedra. As torres como numa fortaleza dando as mãos com o horizonte. Uma aldeia sem rumo — assim via. Dedos — muitos — apontando qualquer coisa num céu indecifrável. Uma floresta petrificada. Havia boniteza em viver como pássaro, sem nunca aprender a voar. Na noite anterior, eu peguei algum dinheiro de d. Beatriz, dei um beijo em Otávio, que dormia, agora tão crescido, e deixei o apartamento rumo à rua. Caminhava apressada, com frio. Sentia que estava nascendo para algo diverso. Infinito. Meu cabelo seguia crespo para um tempo novo. Eu era o aposto da cidade. Talvez um acostamento. Por onde iam os que andam em desespero. Não havia lua nenhuma; não se podia vê-la. O céu de um tom de borra de café, sem luzeiros. Nasci no tempo em que a lua é eclipsada, exitante e hodierna. No tempo das acerolas. Conta-se que vim a este mundo sem chorar. Conta-se que nasci como o ladrão da noite. Prenúnico. Figuração. Eu ia pela rua, como uma ladra de si mesma, que tinha roubado um corpo que era seu. Passei a noite na estação, aguardando o primeiro ônibus de volta à casa. Comigo, levava uma sacola com roupa, livros roubados sem perturbação, e uma visagem.

Certa noite, acordei com o coração saindo pela boca. Sentira uma mão gelada tocando meu pé. Quando abri os olhos embaçados, distingui, no meio do breu do quarto, uma mulher muito velha que, em verdade, tinha o rosto constituído de sombras. Ela era uma sombra muito escura. E mal pude dizer qualquer coisa ou gritar, pela falta de oxigênio nos pulmões. E não haveria de ser assim alguém feito de vento? Nos dias seguintes, toda noite, eu acendia o abajur que tinha no quarto, em cima de uma cômoda. Tinha a sensação de que o rosto da gente, posto a dormir, assim, debaixo de uma luzinha, fica menos afoito por espanto. Não deu certo.

A velhinha teimou em me aparecer, sempre na noite mais funda, com aquele vestidão formado por escuro tecido. Era uma massa mais escura que o escuro. E a luminária não deu conta de revelar por certo, pés nem pernas. A mulher parecia ter cavado no meio do ar, da noite, uma janelinha por onde me espiar a dormir. Tocava meu pé. Fiquei acabrunhada, até o ponto de pedir para pôr o colchão no quarto dos patrões; o que, educadamente, recusaram. Eu já era crescida e não podia deixar Otávio sozinho, no berço. Eles não ficaram contentes com aquele pedido que tinha aura de exigência. Dormi, algumas noites, na sala, para evitar a visita da morta. Mas ela deu um jeito de emburacar por debaixo da porta. E me tocou, de novo, os pés. Suada, entre o pânico e a doidice, acordei os patrões aos gritos. E a velha desapareceu como tinha vindo. Sabiam que aquilo acontecia, mas não tinham visto nada e passaram a duvidar de mim.

— Isso tem que acabar! — vociferou seu Ruy.

Me levaram, então, por recomendação de conhecidos deles, numa médica, ou coisa parecida. Aceitei desde que eu pudesse levar Otávio, carregando como se fosse ainda de colo. Era um consultório todo branco. Uma mulher loira, como se fosse uma atriz. Tendo me recebido na porta, pôs a mão na minha cabeça e me encaminhou até uma poltrona. Tive medo de que ela me adivinhasse o pensamento todo. Estremeci. Ela não disse muita coisa, mas estalou os beiços, como chipoca. Pá. Mastigava chicletes — coisa que jamais experimentara. Fez com a mão um gesto, oferecendo umas balinhas que havia numa bomboniere. Havia uma estante com livros, que me impressionaram por ser em maior quantidade do que em casa da d. Beatriz. Meus ossos rangeram de curiosidade. Depois de um tempo, ela me disse:

— O que ela quer?

Fiquei sem assunto.

— O quê? — perguntei.

— A mulher que tem ido te visitar no meio da noite.

Corei. Envergonhada.

— Não sei.

— Da próxima vez, pergunte —.

E sorriu como se fôssemos comer uma sobremesa.

Naquela noite, depois de ter ido na doutora, que em vez de me esclarecer as coisas, me deixou por demais confundida, com uma missão, questionei a defunta. Me estabeleceram no quarto de Otávio — sozinhos. Junto do abajur ligado, adormeci nervosa, depois de muito abrir os olhos para conferir a porta aberta. Acordei com o toque gelado da senhora no meu pé. Cocei os olhos. Tensa, mantinha o tremor sob o meu controle.

— O que a senhora quer? —, perguntei.

E ela abriu a boca e murmurou "mãmãmãmãmãmã". Não saiu palavra nenhuma, olhe que ela se sacrificou em tentar abrir a boca, agoniada. Não havia olhos, como em vó Giza, na minha memória. Constatei. Era a visita dela. Estava sentada na beira da cama. Sabia, agora, que se tratava dela, embora estivesse com o cabelo desamarrado, solto, coisa que raramente fazia, a não ser para lavar, quase todos os dias, à hora da morte de cristo. Percebi uma coisa úmida e quente entre minhas pernas: uma pocinha de urina. Quando tornei a olhar o pé da cama, sua sombra já não estava mais ali. Não saberia dizer como é seu rosto, poucas vezes o vi assim de frente. Ela, quando falava comigo, era em voz alta para que eu ouvisse, sem nunca se dirigir a mim diretamente. E como era coisa feia responder aos mais velhos, obedecia aos comandos sem resposta. Troquei poucas palavras com ela — veja bem. Palavras que, se eu quisesse ditá-las a você, teria de inventá-las.

— Mortos não falam —, foi o que me disse, em nova visita, a doutora.

Era chegada a hora de retornar. Mas voltar nunca é geográfico.

34

A memória cheia de sisos. Passado pouco tempo, ela morde com dentes fortes e coesos — mesmos os tortos aprendem a retidão para morder. Com o ruído do tempo, quer dizer, com o seu mugido lento, apenas os sisos, a memória expõe. Inflama, dói. Morde sem força, pega a ranger. Estala à noite. Incomoda como se tivesse estrepes no lugar de dentes. Audácias: pegar com as mãos meus sisos e dar a você. O que dignificariam? Padeço de má digestão do tempo. Só me resta esquecer. Quem diria que um dia posso, sim, dar cabo nas raízes; seguir sem elas. Mastigo bem meus acontecimentos. Ainda sobra vontade, disposição mesmo, de contar deles. Isso já não é mais uma forma de mastigação? Penso que arranjo, que organizo a massa pastosa que tanto levo à boca e, agora, como pássaro cuspo para o filhote de outra mãe. Um trabalho infernal, sei bem.

Calcule o desastre por desentendimento; assim dizem. Mas vide: desentender o mundo é uma forma de olhar para o mundo. Meio que de rabo de olho. Ressabiado. Mas jeito de que o terrível saboreia áspero as coisas. É mandatório ser terrível. Mas não na direção do dedo, nem do olho, nem do ouvido. Somos terrivelmente apontados para alguma coisa. Não sei dizer. Somos excessivamente elevados. Repare nos reveses das palavras não trocadas, nem recebidas; mas das palavras saltando das catapultas que as línguas são: de onde escapam mais que bestas e mitos. Daí o misterioso, na brecha da boca, reparte com a gente o teor do subterrâneo mundo.

Quando retornei à casa materna, o chão era o mesmo, o céu era o mesmo, o verde que cobria tudo era o mesmo. A casa estava silenciosa, com a porta encostada. Bati palmas, como uma estranha. Escutei chinelos arrasados se aproximando. Foi quando vi vó Giza, magra, quase cega, com o cabelo cortado e solto — e a ferida estampada em sua perna. Ela apertou os olhos, mas não manifestou dúvida, coragem, surpresa. Abriu a porta e me deu as costas, indo deitar-se. A casa estava sem o zelo de antes. Não sabia como se virava naquelas condições. Jurei que estivesse morta, mas não.

No outro dia, varri a casa, preparei o feijão carunchado que encontrei ali. Esfreguei os grãos até que ficassem lisos de novo. Abri as janelas, pus as roupas de molho. Levei o feijão com farinha para ela, na cama. Não resistiu. Depois, sem que conversássemos, a fiz sair da cama. Arranjei um vestido que aparentava estar limpo. Ajudei-a a ir até a frente da casa. Ficou sentada num banco de joelhos encostados. Tirei sua roupa. Trouxe água morna e lavei seu corpo com restos de sabão de cinza. Lavei o cabelo e o hidratei com babosa. Passei um emplastro de ervas na ferida aberta e enrolei um pano para não deixá-la exposta. Apenas me olhou com olhos que eram azulados. Sem saber se era pela cegueira. Natureza? Me olhou como um pardal. Troquei seu vestido. Escovei seu cabelo. Não disse nada nos dias que vieram. Ela morreu três dias depois.

35

Fiquei sabendo que vó Giza — assim me contou d. Fiica — não fora afeita, no tempo de mocidade, ao trabalho do campo. Tinha predileção pela viola e pela escrita. A viola ela aprendera a tocar de tanto observar os homens em seresta, baile ou dia de santo. Encontrara a viola aposentada pelo avô, em um baú, que já não existe mais. Um antigo baú entalhado, vindo não se sabe de onde, nem porquê — quem sabe, presumo, herdado dos primeiros que vieram aqui povoar. Gente antiga, já esquecida e, como eu, sem nome para ser invocada. Quando as famílias, distantes poucas léguas, reuniam-se para festas e celebrações, contudo, não podia tocar nem cantar. Ninguém conhecia seu secreto talento. Era no mato, em dia de descanso, que treinava o dedilhado nas cordas, repetindo as letras que aprendera de ouvido. Imagino o som das cordas no meio do mato, quase confundindo-se com o canto de algum bicho enervado. Igual aos pios, gargalhadas, que se ouve em noite sem lua. Noites quaresmais. A mocinha branca era uma aparição que não aparece por medo de ser retida por olhos humanos. Você sabe: os olhos são arapucas.

Em mutirões, como os de dias festivos, assim se construíram casas de sapé pau a pique. Procedimento aprendido do joão-de-barro. Os homens, em bando, iam ao mato cortar madeira — escolhiam as árvores altas. Troncos fortes, não além da capacidade dos instrumentos. Às mulheres era dado cozinhar, nos seus tachos e panelões. Aí, se era época farta em alimento, comia-se carne de porco, frita em sua própria banha. Ou galinha com arroz, feijão roxinho. Depois, pisotearam o barro, fazendo com ele uma massinha. Fincavam os paus no chão, calculadas as distâncias entre si, com varas e cordas. Amarravam com cipós a madeira, encavalando-se para dar forma ao que seria, depois, o teto. Com bambu, faziam as estruturas trançadas entre um tronco e outro. Depositavam o barro no trançado, para cobrir o que era vazado. Nisso iam a tarde inteira. Apalpavam o barro de modo que, se você reparar bem, é possível notar a falta de retidão. É possível perceber, quando se toca nessas paredes, as mãos de muitos homens e mulheres. Gente que construía coisas para durar mais do que a vida. Embora uma casa, assim de pau e barro, carecer de mãos, sempre. Vem os vendavais para destelhar. Concluído o preenchimento com barro, esperava-se secar. Antes, reuniam-se, outra vez, em torno dos tachos fumegando, para comer e beber. Aguardente, sobretudo. com violas e vozes. E os pés batendo ritmados no chão — o que se conhece por catira. A noite tomada pela barulheira que o trabalho tinha. Espécie de alegria comum. O telhado era de palma, palha, qualquer folhagem que dura seca e aguenta chuva. Depois de tudo pronto, voltavam para caiar a casa, com argila branca, dando a cor que, para muitos, preferida por limpa. É mais para se ver com o tempo as marcas de mão suja de terra. Registros.

Vó Giza aprendeu o segredo das cordas, como tirar som delas, e som engendrado de tanto presenciar serões. Tinha aprendido a repetir os arranques, as pausas, movimentos certeiros. Em seu tempo, seus olhos, cuja cor não sabia, eram espelhos. Invertida nas atitudes. Ao contrário. Acurada para as palavras. Fico espantada, até hoje, que também ela tinha sido perturbada pelo zumbido que as palavras fazem dentro da gente. Pelo ofício masculino de cantar. Naquele tempo, o mulherio cantava em rezas, sozinhas, ou na beira do rio quando iam lavar as roupas. Naquelas ocasiões, juntavam-se para a reza de Santa Maria, em volta dos santos de madeira pintada. Estatuazinhas que, vindas não sei de onde, às vezes eram trocadas de nome e até de santo. Imaculada Conceição venerada por Nossa Senhora Desatadora dos Nós. Alguns homens há que, dados ao esculpir e entalhar, produziam essas imagens. Ajoelhadas, com seus véus e lenços na cabeça, para pedir, agradecer, encomendar. Recitavam uma tarde inteira de ave-marias e pai-nossos. Orações conhecidas de todos.

Entre um mistério e outro, as mais velhas convocavam melodias já esquecidas por aqui. Clamavam pela luz divina, pelo amor materno. Das poucas vezes que presenciei, por eu ser ingrata e comilona, menina sem pai, tive anseio pelos mistérios da sexta-feira, conhecidos por dolorosos. Entendia errado o que diziam, trocava as palavras sagradas de lugar e sentido. Ao ter em rezas de outros cantos, vê-se que as orações vão se mudando. Acrescentam-se versos inteiros. Reduz. As mulheres, desacompanhadas dos maridos. Eu, não batizada, numa reza de Santa Luzia, com bolo, café e chá no seu encerramento, fui chamada de "pagãzinha". As mulheres riam sem pudor — mamã ensimesmada. As mulheres rindo se pareciam com um bando de pássaros.

Ou galinhas — ciscando deus entre os grãos de terra.

Vó Giza quase nunca estava presente. Ia sozinha. Nunca a ouvi cantar. Mas, como se imagina, chegou a tocar viola para as mulheres cantarem, puxando as canções. Grave. Pesada. Ouvi dizer. Encantava até mesmo em procissões que as mulheres faziam. Numa delas, em tempo de seca, quilômetros por estradas de chão, até a capela mais próxima, diferenciada de uma casa construída pelo mesmo procedimento, por uma cruz de madeira na entrada. No seu interior não devia existir bancos, mas uma mesa por altar e santos maiores, mais bem acabados. E ali, depois de gastar os passos, cantando e rezando, davam banho na santaria, a fim de pedir por chuva. Uma vez que assim fizeram, com vovó tocando viola e sendo a voz masculina, alcançaram a graça da chuva, mal estavam deixando a capela, de modo que tiveram que caminhar, descalças, pelo lamaçal de volta às casas.

36

Pois entrou uma época acidentada. Todos pegaram em armas. Vô Tônico, também. E nunca mais voltou. Foi o tempo em que as mulheres corriam com os filhos nos ombros para dentro do mato fechado, onde sabiam se localizar e se esconder. Se preciso fosse, subiam em árvores e lá permaneciam a noite toda, sem poder dormir. Tinha aquelas que, com preparos de adivinhação, cavavam buracos para se enterrarem vivas. Tinha aquelas que, de antemão, preparavam mantimento seco, imperecível, para se esconder em grutas — difíceis de acertar onde ficam, para quem é de fora. Sabe. Por aqui existem caminhos que não são feitos de estradas, mas locomoções. Explico. Caminhos de cor. Caminhos que passam por uma árvore-de-morcego, depois por uma pedra com formato de santo, um riacho que engorda nas formas. Rotas. Nem todas as mulheres tiveram a sorte de se esconder, tendo sido pegas de surpresa quando saíam para a roça, quando passavam café, debulhavam milho, varriam a casa. Houve aquelas que foram descobertas nos esconderijos. E até mesmo aquelas que se escondiam no buraco debaixo do assento na privada. Cobertas por esperança e desespero. As que foram descobertas padeceram um terrível destino nas mãos de homens de fora, embrutecidos pela guerra. O que elas poderiam fazer contra as espingardas e carabinas desses homens? Também houve aquelas bravias, que pegaram em armas também, nos recônditos mais distantes, as mais dadas com a peleja. E assustavam os poucos homens que corriam por essas bandas, desacompanhados do bando, em busca apenas de criminalizar. Mas, sim, nasceram crianças sem pai.

— O teu caso é outros quinhentos, menina — me tranquilizou d. Fiica, quando entrei em dúvidas da minha origem. — Isso foi muito antes de você nascer.

Aquele tempo de revolta não duraria muito. Foi o suficiente para por todos de joelhos. Vovó, também. Mamã era criança de colo quando seu marido foi pelear. A revolta desapareceu com muitos homens. Suponho que haja famílias inteiras que esperam seus homens para a janta. Sem o corpo, não foi possível desdobrar-se em ritos e orações; não da mesma forma. Mas presumo que deve ter havido uma novena, pelo menos, que, se não só, vovó rezou por nove dias seguidos, todas as noites. E ela ficou sendo sozinha. Imagino que ela, como as mulheres que, a um continente de distância no tempo, ficavam nas encostas esperando os maridos voltarem de suas longas viagens, esperou vô Tonico por muitos dias. Fico pensando nessas mulheres e nos homens já com outras mulheres e filhos. Imagino o mar, esse meu desconhecido, que eles atravessaram. O mar temperado de sal e solidão. Porque o oceano deve ter o gosto de água de sopa, mas sem o calor, mas sem o preparo.

Quando se casou, vó Giza deixou a viola de lado. O marido não consentia. Detinha estranhamento, pois ele mesmo não era homem de cantigas. Dele diziam: sério, caloroso, afeito ao dever. E ele devia à roça tudo o que não tinha. Determinado, um dia, quem sabe, a venceria. E assim teria a vida a que se imaginava ter direito, sem saber muito bem como ela deveria ser. Tinha, dizem, algo de masculino na minha vó. Os dois se conheceram numa ocasião em que, o mulherio, eufórico, pediu que vó Giza, ainda moça, tocasse viola para os homens — caso de competição. Embora fosse raro, os homens eram movidos a coisas daquela natureza — o inusitado. E ela tocou. Uns riam, outros faziam beiço. Vô Tonico deve tê-la visto nessa hora, com o rosto convertido em satisfação, meio suada, sem a delicadeza de uma moça.

— Só falta andar de calça comprida — teria dito.

Por aqui, quando se nasce uma criança, a vestimenta é uma camisola que, geralmente, é branca. É a idade dos cueiros. Só depois que se pega em idade de uns dois ou três anos, que se separam as roupas: meninos de calção e menina de vestido, o que dá no mesmo da camisola, roupinhas feitas de tecido que se tem à mão, às vezes estopa ou saco de mantimento. Tinge-se com azul-anil. Dado a esse costume, um homem cresceu adaptado às camisolas. Diz que não houve jeito para mudar; vivia de vestido para cima e para baixo, na roça, na casa ou na cidade. Mistérios. Cresceu no hábito. Nada que o povo da região estranhasse, em tudo o homem era viril, brutal até, lenhava, ordenhava, torcia os brações graúdos na enxada, carpindo. E não usam os freis uma forma de vestidão? De modo que todo mundo nisso não via maldade. Desconfianças. Em idade, passados o verde e a primeira mocidade, amoitava no rosto barba e bigode. Nos brações, uma penugem grossa. No peito, carocinhos de pelo por baixo do vestido, que não era de chita nem nada, não detestava as flores, mas não haveria de pegar bem estampas floridas, nisso não. Chegada a hora de se casar, ele insistiu: só casaria se pudesse ser de vestido. Em tudo tentaram dissuadir o homem, que era tinhoso como quem. Foram ter com ele, padrinhos, avô e todos homens que tinham com ele convívio, e na mania de andar com camisola não viam disparate, mas daí entrar na igreja competindo em rendas e grinaldas com a noiva? O enlace do homem com a mulher era forte, era tempo de prevenir a carne, acabou que o padre cedeu: casaria de vestido, mas não usaria véu nem a cor branca, que do homem, é sabido, não se espera o hábito da virgindade. No dia, dizem, foi memorável, o homenzarrão, entrando na igreja de vestido e tudo, de cor bege, um tecido enobrecido, talvez cetim. Em tudo ele foi homem, e poucos meses depois, correu a notícia de que seria pai. Com o tempo, foi acumulando filhos, todos homens, todos grandões, mas nenhum seguiu o pai na mania de usar vestidos, que a mulher, mesmo aceitando o marido, preveniu a barda costurando calças tão miúdas quanto o tamanho de um recém nascido.

O que difere, não raro, também atrai. Sendo a moça esquisita demais para o ambiente, ele a teria chamado para fora, modo de conversar. Vendo que era tímida, mas não dada a favores, ele teria encontrado um jeito de conquistá-la: aceitando a sua aspiração. Mas o que chama atenção — em termo de gostar — é aquilo que afasta o gosto. Não ficava bem uma mulher casada andar por aí com violão, no meio de outros violeiros.

37

Não foi saudade — invenção de mulheres antigas. Foi a chuva o que havia de pôr fim na escritura de vó Giza. Umas nuvens azulavam no horizonte depois de ter molhado o caminho de volta. Logo ia de tornar. Vê: assim como preteja o tempo, quer dizer, o firmamento, e os bichos correm de se esconder, as formigas em alvoroço alinhamento. Conhece-se por essas bandas, e, de certo, por outras longas léguas daqui, orações e feitiços contra o chuvaréu. Ergue-se um machado, desses bem pesados, de braço labutado. Com orações que não posso repetir, entende, por força do costume, por força das próprias palavras muito antigas que, caso ditas, serão de valor e poder e, com essas coisas, não se abusa, não se brinca. E com o machado empunhado, a cara contra a tempestade, vai recitando o palavrório. Corta-se, no vento, em cruz, o vento, o tempo, a chuva. Espanta-se às intempéries. Forma de proteção. Remédio adiantado. Coisa de se evitar destelhamentos. E há formas de evitar as tempestades na vida? Nem, não. E olha que se tenta. O povo tem suas tentações de ofício. Não conheço remédio, palavra contra o imprevisto do mundo, o que se esconde ali ó, atrás do paiol, da casa, da estradinha de terra, depois da curva do conhecido. Mistérios. Era assim, coisa de se ver assombrosamente. Depois, caso o machado não seja bendito, não tenha sido aspergido com água benta, rezado, prometido a Santa Bárbara, Iansã, e as forças todas dos raios e dos ventos. Outra forma era se pegar, sabe essas palmas bentas no domingo-de-ramos? Pois se pega um punhado dessas e queima-se dentro de casa, passeando por todos os cômodos, reza-se subindo junto da fumaça espiando tudo, o cheiro forte de mato queimado. Veja bem: o poder de uma planta contra o impropério. Depois é torcer. Confiação. E se nada nos vale, é coisa de se esconder debaixo da mesa, daquelas de madeira talhada, muito antiga. Que ela vale por proteção do telhado que teima em desabar. Foi aquela quebradeira. Tam! uma madeira grossa que sustentava o telhado, na força do vento, caiu. Tremia-se a jovem vovó embaixo da mesa. Grito. Todas elas pertencentes a tragédias próprias. Heranças.

Destelhou parte da casa. E a enxurrada levou boa parte consigo. Inclusive os caderninhos de vovó. Ela não podia deixar a menina sozinha, correndo risco, para salvar os manuscritos, e a carregou para baixo da mesa. Pedir chuva, depois cortar. Perder todos os seus escritos. Mas ela não deve ter chorado. Foi o fim da palavra para ela.

38

A vida dá sempre um jeito de mostrar os dentes. É enredado esse embrame. Se tem alguém tecendo? Natural. Não haveria de ter? E como se explicaria um cavalo andando sozinho? Hein? Sem fome, sem perseguição. Olhe: uma galinha cisca, campeia ao redor. Caminha nas direções do estômago. Está sempre atrás do de-comer. Não tem descanso. Veja: o pintassilgo, sempre cheirando atrás do de-comer. Os patos, os gansos, os ratos. Todo mundo está sempre atrás do de-comer, e de outras coisas. Se não for essa a nossa natureza: o buscar o que não se tem, qual é? E fala-se que a gente torce por viver. Que a gente faz de tudo para se agarrar até o fim. Tão simples é morrer. Corriqueiro. A gente que vive no mato, a gente que cria os bichos, que planta as ervas... Tudo morre, procria, nasce. A gente sabe desde tenros dias. Acaba por observar as coisas, na promiscuidade do tempo. Viver assim, com a fuça colada na passagem é viver admirado com a correnteza do rio. Sabe, nunca entendi porque o movimento do rio não leva com ele a nossa cara. Gozado. E morrer assim seria bonito.

Mas morrer não é nada como ser levado, é? Tenho comigo que morrer é adentrar dentro de um ovo. E? Não seria dentro da barriga? No geral, morre-se a mãe antes dos filhos. Os andantes não morrem no lugar em que nasceram. Primeiro os avós, depois os pais. Lei. Necessidade. E se tem lei, tem quem tenha estipulado. Alguém que tenha maquinado, nas ideias, o mundo —

do que ele é constituído. Ou a gente vê. Eu fico falando dessas coisas... é que eu tive muito tempo de focinhar a vida. Do mundo sei muito pouco. Andei — quase no mesmo lugar. E aqui. Nesse chão roxo. Em menina, gastava os dias debaixo dessa árvore. Tipo uma cascata de cipós. Que desciam assim, feito água. Cordas. Não servia de se balançar porque iam ficando rígidos com o tempo. Caia, batia os joelhos. Chorava.

Numa dessas vezes, eu estava aqui, sentada, e me veio um pensamento como se avistasse um barquinho vindo pelo rio: até mesmo o sol haveria de morrer. E fiquei assustadíssima. Me sentia condenada e, comigo, tudo o que havia. Corri para a casa. Encontrei minha mãe descascando milho, na porta da cozinha. Ela não podia me abraçar. Nem tive como dizer o que me assombrou. Sentei do lado dela, comecei a descascar as espigas. Fiquei quietinha.

— Que que foi? — perguntou.

Não fui de jeito em responder.

Passou os dedos cheios de muco de milho no cabelo. Sabe por que o rio não leva embora a cara da gente? Porque ele conta a verdade, feito um espelho. E a verdade que a gente é sempre um rosto, mesmo que ele modifique. Veja: olhar para mim não dá no mesmo que olhar minha mãe. Não tenho retrato dela. Quando eu era pequena, dizia-se que era comum um bicho criar filhotes com cara de gente. Coisa do mundo. Coisa muito feia. Não dura. É história para menino, dizia mamã. Caso que, ainda sim, sendo menina, aquilo muito me fez mal. Deu ânsias. Apavorações. Tinha medo, justo.

Cobiçava o conhecimento dela. Mas não atinava em aprender. Tinha, de ouvido, a sabedoria de alguns nomes, efeitos, causas. Ela destinava tudo a mim; me obrigava a trazer ervinhas de nome complicado, coisa de dois, três nomes.

Como ela ficava muitos dias de cama, quase todos os meses do ano, já me habituara a testar as lições, indo procurar as ervas para fazer infusões, iguais às de d. Fiica. Dessas vez que ela tinha caído de cama, não foi como das outras vezes. Estava pálida. Tangia a aparência de um coral. Ela me instruiu, ao pé da cama, com a voz feito um fiapo, que eu fosse buscar uma erva no mato. Tinha as folhas crespinhas. E era verde com pintas arroxeadas. Fácil de identificar. Mas eu nunca havia colocado os olhos nessa planta desnomeada. Vó Giza não se atingira com aquilo — indolência, sornice de mamã. Continuava na labuta, o quanto mais afastada de casa. Peguei um bornal, calcei minhas precatas e fui. O mato referido não ficava longe, nem perto. Estava fora do meu alcance. Caminhei com medo de cobra. Caminhei sem saber as palavras de afastamento dos animais peçonhentos. Essa planta abunda nesses cantos úmidos. Fiquei orgulhosa quando identifiquei as folhas crespas. Peguei um punhado bom, certo de que transportava uma solução. Com ela faria uma infusão — verdadeiro tônico. Ao sair do mato, um pio, trazido por asas sem barulho, me chamou a atenção: uma coruja. Quase nunca se vê elas durante o dia, em dias quentes como era aquele. Ela cortou o meu caminho num rasante. O céu estava baixo e azul — eu contrastava com ele. Sem demora, fui para casa com a sacola cheia. Mamã estava fraquinha, fraquinha. Quase não tocava na comida que eu levava para ela, sob protestos de vovó. O olho minguado em água. Cheguei no quarto e ela estava na mesma posição de quando a deixei lá. Passou a mão no meu cabelo. E me instruiu a ferver água, deixar curtindo um instante. Da porta da cozinha eu vi vó Giza, longamente, enquanto a água aquecia. Pronto. Peguei uma xícara com o chá. Ela bebeu como se bebesse água. Que sede, que sede. Subi na cama, abraçada com mamã, enquanto ela morria.

39

Por duas vezes estive perto de. Trilhei o mesmo caminho, busquei pelas mesmas folhas, as mesmas formas — sem nunca ter, comigo, um nome com que invocá-las. Temo pela terceira. Quando, de novo, eu estiver diante do fogão, preparando a mesma infusão que, anos tem isso, dei à mamã. Quando eu tiver a destreza de não deitar fora o elixir, e o tomar de um gole só. Quando? Meu dever foi escrito em mim na pedra do coração. Sina. Alguma coisa, aqui, insiste na devoração. Quer o querer. Estanca em trilhar um caminho mais longo. Desvio com o qual sou um pretexto. Sei que sou um soluço. Vírgula. Incapacidade de reter em contínuo. Que eu vá por ali ou por aqui, apenas para verificar a estranheza do campo. A fim de instituir o que é ordinário. Revertério. Eu: alguém que tinha matado uma coisa viva, rastejante, em busca de algum alívio. E saber disso, meu atentado contra a constituição das coisas, me deixou assombrada. Feri todas as coisas que verdejam e aquelas que têm sede, fome, e fazem amor. Mas isso é coisa do homem, seria da mulher também? andar por aí com foice, facão, marreta, rasgando a película que segura a vida reunida em torno de um corpinho mole? O que eu tinha feito? Como se pronuncia o meu crime? E no final de todas as coisas terríveis que eu tinha praticado, ter ferido de morte a ela, a porta de onde eu primeiro rastejei em direção à luz, feriu a mim mesma e ao meu sexo. Arrebentei com a possibilidade da minha vinda, de todo início doloroso. Ouvi dizer, ouvi e muito, mata-se a mãe para a moça crescer, ter uma vida, dar-se em carícia a um homem. Eu não quis nada disso. Minhas mãos, ignorantes da morte que carregavam, formaram uma ponte de ossos, nervos, sangue até a boca desejosa de desfalecimento de minha mãe. Obedeci a um crime. Sou culposa? Ridente ela ingeriu as folhinhas verde-escuro. Eu ali: desavisada do que cometia em minha frente. Nem um dizer sobre o passado ou o futuro. Foi-se ela sem aviso ou desconfiança. Sou o suicídio de minha mãe. Mais: a ferramenta. Sou eu a corda, a arma, o rio, a ponte, a altura, o beco, o veneno, a erva, o fim. Me disseram que, sendo destinado, não haveria de ser uma criança a contrariar o evento macabro. Me levou o pré-estabelecido a cumprir com meu papel mórbido. Refaço os passos, dentro da escuridão da minha cabeça, agora não mais em passos dados, da cama até o raminho de folhas verdes, esse princípio de todo o fim. Indo e vindo. Depois que saí da penumbra da casa. Andei muitas vezes do quarto ao mato, ruminando a morte dela, enquanto eu me descuidava de mim. Enquanto eu chorava com as pernas. As minhas pernas moles gastaram um tempo em que eu não podia pensar em mais nada. Odiosofias. Tomei conta de enxergar os pés se impregnando de terra, converterem-se, eles mesmos, em caminhos muito percorridos. Formei um trilho palpável. A boca que me pariu é a boca do inferno. Esse mundo me engoliu, como minha mãe engoliu a mim mesma junto daquelas ervinhas poucas. Carreguei, nas idas e vindas, a vontade de morrer. Não era, nunca foi, possível retornar ao ventre. Aquela boca, embora estivesse condenada a permanecer entreaberta, a mim se fechou. Só me restava a vontade de mastigar a vida. Triturar. Foi assim que, quando me dei conta, estava sentada debaixo da mangueira com um punhado daquela plantinha nas mãos. Até hoje vivo para aprender a morrer de uma vez só. Sem alarde. Sem dizeres. Ou espero que me levem os dias até a morte, sem que eu caminhe um só passo na sua direção. A fome dela me persegue. Nego a ela se alimentar de mim. Vivo para morrer? O salário do pecado não é a morte, senão este chão, este teto todo estrelado, este corpo apodrecendo. Custa muito essa paga. Não é possível conhecer a morte, essa dona sem feições, e partir a seu encontro. Que ela é desconhecimento de pessoa. Feito andar na companhia de ninguém. Saudar as coisas sem nome, sem rosto — a mim própria. Depois, como o ribeirão permanece correndo — mesmo que se tenha bebido muito dele —, também eu permaneço. Indecisão. Vai existir nostalgia suficiente para que, adiante, venham por a gente em pé, vivo de novo? Invocando nossos fatos? Dizendo da gente: existiu. Ou seremos nós o que nossos antepassados, sem rosto, sem documento, sem comprovação, são? Um entalhe sem mãos. Uma peça de roupa sem mangas. Uma caixa? Espero ficar sendo uma cadeira, como nos dias que me sinto um objeto esquecido no assento. Aquilo que se perde. O cabelo permanece para crescer, assim como as unhas. Meu cabelo crespo segue para um novo tempo. Mas dói. Ser tão pouca. E só um dia partir.

Passados trinta e um anos da morte da poeta Stela do Patrocínio — encarcerada num manicômio a maior parte da sua vida, vindo a morrer no dia em que ganhou a liberdade — esse livro foi publicado. Trinta e um anos depois da morte da mulher preta, a quem foi dado gastar a vida dizendo palavras. Este livro não é uma resposta. Mas uma falação, uma dúvida e uma perscrutação do íntimo de outra mulher, dessa vez fictícia, também preta, a quem não foi dado nada, mas subtraído tudo. Gostaria que este livro não exigisse renúncias de quem o lê, mas que entregasse um mistério.

Este livro foi composto na tipologia Garamond 11/14
impresso em Papel Pólen 90g/m2 em agosto de 2023
para a editora Patuá.